imaginist

想象另一种可能

理想国
imaginist

海边的房间

黄丽群

河南文艺出版社
·郑州·

在潮间带

大学最后两年刚出社会的时候，我糊糊涂涂地开始写小说，糊糊涂涂地做着些一般人觉得"很文艺"的工作；三十岁之后，又糊糊涂涂一下子扭头去了完全无关、与过去的我说不定会互相讪笑的方向。这两年，工作人生，像重新投过胎，已经和写作没有什么关系了。可是，有时仍觉得自己是寄居蟹，一会儿上岸，一会儿下水，而大部分时候在——不，不是在海边的房间里。比较像在潮间带上发呆，浪拍过来打过去，我也不管；偶有矍然而起时刻，很快又滚落去，鼻子都被水盖满了。

谈不上好或者不好，我总想象这随时溺死也无所谓的个性是最大的优点与缺点，因此迟迟无法决定喜不喜欢或该不该改掉这习惯。如此一个人，不大可能成为你看过听过甚至想象中的创作者，对这项事业恒常饥渴，恋恋不舍；虽说没人喜欢陷入饥渴，我们甚至不喜欢看见别人饥渴的样子，可是，要完成什么，你必须饥渴。

  知易行难，我仍然只是想到点什么就写点什么。写时也有不可解的欢喜，更多时候手足无措，不知该拿它怎么办，也不知拿自己怎么办，所以算一算，成果实在少。此次书中收录的，有远至2000年左右的作品，二十年，在世界的尺度其实很短，我也没什么值得在此总结，唯一能说的，大概只有因为散漫，所以幸运地没让这些年纪差了一大截的任何一个故事，落入攀缘境地。它们一向是自己的主人，各个住在自己的屋子，我不过被赋予钥匙保管，加上一点带人进去随意参观的自由；对此，我始终感到受宠若惊。

  感谢身边对我抱持不合理信心并给予不合理鼓励的每个朋友，你们都知道说的是你。我仍在潮间带上，这里转瞬风起恶浪，回头雨打暗礁，它不属于土也不属于水，是海的临界也是岸的边缘，但不知为什么，在此我反而心安理得，想着这当中有一句话：行到水穷处，坐看云起时。多么老旧积尘的一句话，但永远有与文字初对面者,由此获得逆旅中的安顿;我想,这也是许多人,包括我,之所以总是惦记想说些故事的一个微不足道的原因。

目 录

在潮间带……………………………………i

海边的房间…………………………001
入梦者………………………………021
卜算子………………………………035
鬼的鬼故事…………………………067
决斗吧！决斗！……………………077
贞女如玉……………………………087
第三者………………………………105
试菜…………………………………111
1023…………………………………131
无物结同心…………………………145
当一个坐着的人……………………151
猫病…………………………………173

附录

大命运上的小机关 / 黄丽群 193
淡淡废废的美 / 柯裕棻 209

海边的房间

寄件者：E
收件者：F
主旨：你还在吗

F：
迟疑了一阵子才决定发这封 E-mail，
我们毕竟失联了这么久，
但我想再乐观一次。
出门在外，也有学会一些东西，
好比凡事如果想太多那路就完全走不下去。

一切都好吗？

我坐在这里写信,第一个想到的当然是你,

第二个想到的你应该猜不到:是你家藏在市中心的那间老公寓。

(现在,还跟你继父住在那儿吗?)

虽然只去过几次,但堆了一屋子中药印象深刻,

记得很清楚,毕竟,那也能够说是美好的老时光吧。

…………

※

离开市区,搬进海边的房间,不是她的主意。虽然她从前经常抱怨市区之恶,三不五时:"我以后要住乡下!我以后要住海边!"但年轻多半这样,喜欢把一点小期待粗心大意地衔在嘴里,以为那就叫梦想。

除此也多少在讲给她继父听。继父。小学一年级开学第一天,便和盘托出她身世,全无儿童教育心理学的踌躇,反正情节撑不肥拉不长只用掉三句,长痛不如短痛。"你出生前你爸爸跑走了,然后我跟你妈妈结婚,然后你妈妈也跑走了。"一岁不到的女婴与二嫁的男人双双被留在被窝里,男人也就默默继着父起来,

让她跟着自己姓跟着自己吃，跟着邻居小孩上学校；不守家规考试考坏，揍。后爹管教人不像后母那样千夫所指，她几次逆毛哭叫："我要我亲生爸爸我要我妈妈！你凭什么打我凭什么！"他下手更重。小学六年级，瞥见她运动衫下有动静，他第二天即文文雅雅提盒时果到学校，请女班导帮忙带去百货公司扣罩收束住她身体。初经真来，他反而面无表情指着墙上的经络人形图，说了一大套气血冲任的天书，讲完也不理，自回身煎来一服黑药，她惯喝汤剂，没反抗，不问里面是什么，混合无以名状的羞耻解离感滚热咽下。没有比他更亲的父亲。唯严禁她喊一声爸，"叫阿叔。"

她跟阿叔，多年住在市区曲折隐身的秘巷里，七十年代初大量浮出地表的五楼老公寓，三房两厅的格局破开重隔出两房一大厅，厅里没电视没沙发，没有一般家庭什物，阿叔每天自己收拾得一气化三清，塑胶花彩地砖光滑可比石英砖，靠窗一张大桌案供他问诊号脉，进门两条锃亮乌木长凳供病家坐待，四壁里一壁草药三壁医书，荫出一堂冷静。木抽药屉上一符符红纸条，全是阿叔神清骨秀的小楷，"远志、射干、大戟、降香、车前子、王不留行……"满门朱盔墨甲的君臣佐使，将士用命，人体与天地的古战场。

"哇,"E初次拜访她家时大受震撼,脱口幼稚腔,"好好喔。好香喔。"

"有什么好,都是植物或虫子的干尸。干尸,木乃伊,懂不懂?"

南人北相的阿叔,单传一脉岭南系统家学医技,舒肩挺背,临光而坐望闻问切,她兴趣全无,一径麻木以对,心事隔层肚皮隔层山。熟识病家问,收不收徒弟?阿叔笑一笑,"祖上有交代不传外人,就算亲生也传子不传女。虽然说呢,时代不一样……"意思是时代其实没有不一样,时代是换汤不换药。中学的她坐在长厅边角两人尺寸的正方木餐桌上,拿白瓷汤匙事不关己地舀吃一碗微温的百合绿豆汤。啊,是有什么了不起啦,她想。

但她知道阿叔是有什么了不起。白天在学校偷喝一罐可口可乐,一注冰线里无数激动踊跃的气泡推升体腔,凉啊凉啊凉啊凉,神不知鬼不觉。回到家,阿叔看她发际微蒸一层水汽,皱眉招她进前,眉心一按指掌一掐,"早上在学校喝了冰的对不对?叫你不许喝还喝!"简直魔术。

如是,屋里长年来去的病家便使她格外厌烦。魔术也好神术也好,讲起来总有人视为左道,落得每日排解闲人的芝麻小病。问重症的，也有，开场白无不例外："医生，他／她／我这个病西医已经一点办法都没有……"此外大多是一边自作孽挖东墙，一面求调理补西墙。不可活。像在她高中时常上门的一个酷似沙皮狗的小政要，选区吃透透喝够够，很怕死，很怕睡不够年轻女人，托人介绍挂上阿叔的号，通常白日来，一次挂进晚上，碰见她放学回家，十七岁半，青春期，阿叔把她调养得发黑肤白，沙皮狗旁若无人，十万火急搜视她衣外衣内的摇颤，恨不得长出八双眼睛。

下礼拜，沙皮狗又挂夜诊。"医生上次的药好苦好苦哇，而且太利了，"沙皮狗说，脸皮垮还要更垮，"拉得我屁眼都快瞎了。"

"叫你不能暴饮暴食你不听！里热积滞要攻下泻火，这礼拜还得拉。"

"ㄏㄚˊ*啊！"对方左手一弹往后甩，仿佛说曹操曹操就已兵临城下，下意识预先防堵肠道溃不成军。她又在此时返家，遁入后进自己房间，关上门，不对，神情不对，阿叔掐住那人手骨的神情不对，别人看不出，除了她谁也看不出。她心脏一紧一跳，满头扰乱发烧。

---

* 台湾注音符号，语气词，音同 há。

现在她终于离开了那里，搬进阿叔安排的海边的房间，他是否已悄切深心观察多年她的期待？或者也曾像每个父母进入孩子青春的室内，打开抽屉，掸一掸枕头底下，抽出架上的参考书翻一翻。背负了许多时间的市区公寓五楼房间里，日光灯管投射工业无机白光，冲出莫名的廉价感。青绿色塑胶贴皮内里业已干崩脆碎的木头书桌上，散置着她买的居家杂志，他不需要拿起来看，因为她早把中意的页份裁下贴在墙上，好像偷了一扇扇别家的窗。

海边的房间，有城市文明的全套精工想象，原木地板壁挂液晶荧幕环绕音响，洗墙灯照住床头的两挂欧姬芙复制画，三面象牙白墙，抵住一面玻璃窗，那玻璃窗大得不合理，正对着她的床，海夹蓝携绿随光而来，人在其中，宛在水中央。她有时会错觉玻璃外某日将探来一颗巨人头脸，大手扣扣扣、扣扣扣，敲醒娃娃屋里的迷你女体玩具。"头家，"一整队装修工班争相说服背手跨过地上木条电线漆桶巡进度的他，"头家，太危险啦，风太大可能会吹破呐，啊还有万一做风台也是啊。"这个来自城市的斯文人，至此对他们露出少见的无礼与无理："我怎么说你们怎么做，屋子是我在住。"

只不过全非她的主意。她覆上眼皮，不再看窗外示现着种种隐喻的海，想着E口中"美好的老时光"。阿叔在她身畔，食指沿她月桃叶形的手背走着Z字回划安抚，不超过腕缘小骨。指腹粗糙高温，一寸被心火煎干的舌尖。

※

....
美好的老时光，其实也没那么老，四年而已，
而且别人看我们应该都还是青春无敌，
只是"老"跟量无关，而是不可逆的"质"，
所有不可逆的事物都叫老，老油条，老花眼，
老人痴呆，诸如此类。

这样讲起来好像我绕一大圈只是为了找一个怀旧的理由？

不是的，去哪里或做什么根本不是重点，重点是离开。

你看，之所以叫"离开"不叫"离关"，意思就是有离才有开。

好吧，很冷，这是我瞎掰的，你查一下《辞海》好了。

但我的意思是说，

你记不记得有一次我问，难道你没想过去找你亲生父母？

你说中学你继父管最凶时想过，但是不知从何找起，也没钱，决定长大一点再说。

然后长大一点，你又觉得他们不要你，回去找人家有什么意思。

你说不是每个弃婴都是"苦儿流浪记"或"孤女的愿望"，

一定要千里寻亲大团圆抱头痛哭，

或许大多人只是把像坏牙抽痛的困惑藏好，再藏好，藏得再好一点。

当时我觉得蛮有道理，

但老实讲现在我怀疑你只是离不开你继父而已，

即使是我。即使为了我。

⋯⋯⋯⋯⋯⋯

※

　　阿叔不算寡言，只是难懂他想什么。比方每有人问起他这身法门，问起他为何大隐于市匿迹民宅老社区——现在什么都要包装啊医生，你看电视上的女明星，再怎样天仙漂亮都有人嫌，一个个削脸的削脸、割眼睛的割眼睛，灌奶缩屁股肉毒杆菌做够够，好像身体是橡胶做的随便捏那样，是说医生你包装一下，装潢一个大诊所，然后可以上电视啊、上网络啊、出养生书啊啊啊啊啊医生这个穴道按到会痛！……是、是说医生你包装一下，加上你这个斯文少年扮势，ㄏㄡˋ*，那真的可以每天天亮眼睛一睁，钱就人往高处爬水往低处流那样统统流过来……阿叔次次听次次铁口直断：连女儿都不传，何况外人。包装，包装我不懂，不懂的就不要碰，做这个养家有够就够，事情多了忙不过来，不要弄那么复杂。

　　然而掩上公寓大门，只剩他两人时，阿叔却开始刚柔并济的游说大会，话硬一点就是学这个好歹饿不死，软一点就说真没想到功夫就废在他这一代。一次

---

* 台湾注音符号，语气词，音同 hòu。

她终于忍不住接话:"就跟你说我没兴趣嘛!你很矛盾耶!我不是你真的小孩而且还是女生,明明就不及格你是怎样一直要拗我!"那时她已大学二年级,却是二十年首次在阿叔脸上看见一种破碎的伤害讯息。他一下子松垂了肩膀,点点头,知道问题出在自己不在她。

此事遂作罢论,他开始盯着报纸,说,现在外面做什么都实在不容易,你念那什么历史系,毕业了若到底找不到工作,不如阿叔就真的开间像样的诊所吧,我只管看病,别的都交给你,你年轻可以放手发挥。相依为命的两个人,这提议听起来像顺水行舟,只是会流到哪里她感到不可说。

后来也不用说了,她认识了E。

认识了E,一切都那么快,快得像瞌睡时闪现的梦,梦中十年只是午后一秒。她大学毕业,E拿到了博士班奖学金,要翻山越岭漂洋过海去用英文研究亚洲人。E说你跟我一起去。我得想一想。我必须先去学校报到,求你准备好即刻来。

或者问题不是她有否准备好。周日的晚餐桌上,她与阿叔分食一锅杂菜面。那就是来过我们家两次的那个男生。嗯。他申请到美国博士班要我一起去。你们认识不是才半年。嗯。你去那是能做什么。不知道,先去看看再说。想什么时候去。对不起阿叔我其实已经办好签证……也买好机票了。你要离开我,你不会回来了。不会啦怎么可能不回来,阿叔——

不要说了。他平心静气打断,随即摇摇头,起身回到自己的房间。她将两人的碗筷留在桌上,锁好客厅大门,也回到自己的房间,关灯,躺上床,今天并没有劳动奔波,但她觉得很累。

然后阿叔来了。

他安静地,不是蹑手蹑脚或鬼鬼祟祟,只是安静地走进她的房间,坐在她身旁。

没有声音,没有气味,没有光线。官能既无所不在也全面引退,空气里有各种理所当然、不需符号背书的诡异自明性,天经地义,像他抚养她那样天经地义,像她屈膝腿弯、他侧身轮廓那样天经地义。他轨迹确定的热手不断顺流着她披在枕边的冷发,掠过她耳后脖根。

没有抗拒,没有颤喘,没有狎弄。她古怪地直觉这不过会像一场外科手术,有肉体被打开,有内在被治疗,有夙愿被超度,然后江湖两忘。他双手扶住她腰与乳之间紧致侧身，将她脸面朝下翻趴过来，揭开她运动 T-shirt 的下摆（自六年级班导庄老师带她买少女内衣穿的那日开始，她的睡眠一定规矩无惑地由各式运动长裤与长短袖 T 恤包裹）。她双臂往前越过耳际伸展，帮助衣物卸离，处女的雪背在夜里豁然开朗。

阿叔双手递出，说了当晚的第一句与最后一句话。

"不会痛。"

大椎、陶道、身柱、神道、灵台、至阳、中枢、脊中、悬枢、命门、腰阳关、上髎、次髎、中髎、下髎、腰俞、长强……自上徂下，依脊椎走势递延，阿叔在她秘密微妙的柔软穴位，插入或坚或柔、或长或短、或粗或细的金针钢针。确实不痛，她却开始想喊了，但筋肉失重，崩压住喉头胸腔，身体是一场大背叛，与她为敌，她叫不出来。

接下来的事果真像一场外科手术，或者神术或魔术。他将她颠过来倒过去，在诸般奇异或乏味的部位埋下消息，她感到自己在身体里一寸一寸往后退，最后失守的是咬不住的牙关，唇瓣一分齿列一松舌根一塌，彻底瘫掉了。

※

…………

你甚至不回我 E-mail,

MSN,大概也把我封锁,再也没看你上线过,

电话、手机都不接。

刚到美国落脚的时候,每天打电话给你,

连打一个月,都是你继父接的(我感谢他的耐心跟好脾气)。

他最后终于告诉我你其实不是睡了、刚好出去或手机忘了带,

只是不想接我电话,

然后隔周我再拨,空号。

我猜你终于烦不胜烦。

…………

※

作为一个瘫痪者的看护,阿叔无懈可击。他卖掉了老公寓,带她搬来海边的房间,日常生活很快重整路线。早上,他拉开窗帘让鲜活的海景冲进来,扶她

斜坐起身,打开电视,让她看见外面的世界。有时她会突然像贝类咬住自己的壳那样闭上眼睛,他就拉来一张舒舒服服的读书椅,亲亲热热坐在她床边,从头到尾读起几份报纸,各种propaganda,谋杀与欺诈,盐有一百种用法,名模最爱大弟弟(内容其实是讲她跟手足感情亲密)……

为了保持良好的瘫痪,种种琐事办完他还得花好多时间继续下针。这原本是个贪怨拌结的场景,两造都感觉房内充满黑气,但久后她开始期待这个过程,因为二十四小时密闭的恒温空调使她皮肤干燥发痒,只有身体被翻动与床单纤维摩擦、针尖刺入肤底时略可缓解。她不想屈服,肉的现实迫她屈服。

却又是美丽的肉。她从没这么美丽过。他的针术不只把她停住而已,不是,那太业余了,太没意义了。他密密熬成药液汤汁有讲究,用针时辰季节有讲究。他每日一定扶她起身,节制地(绝不横冲直撞或误入歧途)脱干净她的衣物,让她看见镜子里的自己有多好,多滋润的白,多巧妙的攀升与落陷,半透明的锁骨与胯骨,别说卧床,健康十六岁少女都不能蒙赐这样美丽,玻璃棺中白雪公主都不能这样美丽,咒眠百年睡美人都不能这样美丽。"我没有辜负你,绝对没有辜负你。"他边帮她剪指甲边这样说,地毯上落着片片半月形瓷屑似的壳衣。她感觉自己像枚密封的浆果,泌出甜汁慢慢浸烂入骨。又想,他这门保鲜技巧如用在菜场的生鲜摊档上或许也有很好的效用。

十指都修干净了,天光还早,闲日尚长,他掸掸床缘站起来:"我今天帮你收了一封 E-mail,我来念给你听。"

※

…………
所以这几年我没有回去过,
因为我没办法懂,也没办法想,
我们……唉,算了,过去的事就算了,
讲这些好像在翻旧账。我只是觉得难受,
这时代什么新东西都招之即来,老困境却不能挥之即去。

不说了,F,下礼拜我终究要回去了。
你离不开,那我回来。
不勉强,但是,仍想见你一面。

天啊这句话听起来好土。

我会带你喜欢的那种巧克力。

仍想见你一面。

E

※

她知道他大可不必念这封信给她听，她晓得他后来就占用了她的笔记本电脑，她看过他端进端出，还笑着跟她说："好多人写信找你。"他大可以像收拾所有别的消息那样按一个键收拾掉。

但他不。

终于双眼弃守阵地，四年来她第一次真正被击溃而流出眼泪。四年来无数次她梦见自己倏地从床上立起，他不在，她快速敲破玻璃窗跳进海里，波平无事她就一直往外游，等他发现的时候她早就远了，且他也不会游泳。她知道自己以后连梦里都没有这一天了。

"可怜他还记着你，"他说，"可怜你也还记着他。"他想告诉她没关系，哭吧，尽量哭，没关系，我不像你妈那样软弱，软弱就算了还善妒。你那时候太小了，一定不记得的，当时她多么嫉妒，她无法忍耐你一出世我眼里就没有她。她实在太不明理，一个母亲把自己的亲生女儿当作敌人，真蠢。不能容忍父亲对女儿的爱，真蠢。她离开也好，否则我想她很有可能杀死你。你妈有一次骂我有问题，她才有问题，我是医生，我知道我没问题。

他只是都没有讲，他知道她不会懂这一切只会觉得自己被他骗了。孩子总是不懂父母的苦心，女人总是不懂男人的苦心，病家总是不懂医家的苦心，学生总是不懂教师的苦心，人民总是不懂政府的苦心。这说远了。

她仍泣，要下手止住也可以，但她面无表情掉泪的样子很好看，完全不动静的身体却有睫毛眨一下扑一滴泪下来，眨一下又扑一滴泪下来。他坐在读报的扶手椅上观察了一下，觉得这场景很好。

今天的海也很好，没有风雨到来；海边的房间也很好，没有裂变到来。两人的日子还长，不怕。他一拍椅子扶手站起身，好了，海潮在退，时辰差不多。他从怀里取出一幅绒布，抖出里面一束长短针，太阳光打上使其精光乱闪，这些光会贯入她的身体，使她不虞匮乏,恒常美丽,长相左右,只要待她平静下来,不会因思虑悲泣打坏针效时,就能够动手了。

(2006年联合报文学奖·短篇小说评审奖)

入梦者

他要到连续重开机六次、洗了一周来的第一场澡、下楼买了凉面与烟再回来，才能相信眼前发生的事：有一个女孩，终于有一个女孩，透过交友网站主动写信给他。他非常惊喜，不过仿佛是惊多一点。

他的模样不使异性喜爱，向来都是，最清楚这一点的也是他自己。虽然世界对男人的要求从来不像对女人那样，到了"该美或该死"的地步，而他也像绝大部分的同性，永远羞于承认对自己形貌的遗憾，但每当送出的电影票被拒绝、发现女侍大小眼或只是很简单地在地铁的车窗上看见自己的身影时，他仍会听见一个非常有力的小声音：如果能够像基努·里维斯的话，谁又愿意像憨豆先生呢？

这窘况无可避免地决定了他日后的茧居性格。中学的生物课讲到孟德尔种豆发展出了遗传学，他茅塞顿开按图索骥完全认识了自己：祖父小得莫名其妙的嘴，祖母的尖耳朵，外公顽强的自然鬈与懒，外婆的易胖，父亲的酒糟鼻与反应慢，母亲站在小学学童中都嫌矮的个子与拖眼角，与舅舅一模一样的眉角黑痣（关于这点他真气，从没听说过痣也会遗传，竟在他身上发生了）与大量青春痘，还有众人共通的小市民气质。

他发现自己根本是整个家族遗传缺点的完整集合，除了悲伤之外更觉得太荒谬，顿时再也不想抗逆。等上到达尔文演化论时，他加倍心惊，为了避免被物竞天择说发现自己这种该淘汰的个体，他决定此后要尽量而非常地低调，就像父母给孩子命名为阿狗阿牛，以免鬼使神差养不大的道理。

※

因此他倒是确确实实以狗或牛的坚韧风格活下来了。三十一岁，独居，过重，速食店店员，发质异常鬈曲，运气通常不好，已经不长青春痘但脸上全是痘疤，因社交无能导致某种幼稚性格，时时被店经理告诚个人卫生该加强，没有什么事情还能打击他，碰到漂亮的女客人手会抖（风声传出去后，一群在附近上班的粉领族纷纷秘密地借他测验自己），每天晚上一睡着，就马上做梦变成不一样的人，在交友网站登录资料等了三百零五天才收到第一封来信。

女孩说，发信给他没有什么理由，只是看了他（其实只有一百多字）的自我介绍后，觉得两人应该聊得来。他颤动地读着，然后写写删删删删写写，三小时后才提心在手地送出回音，自此开始双方按部就班的信件往返。

每日早晨起床，他会收到她一封不长但也不短、约五百字的电子邮件，大多在回答他前一天的提问、继续前一天的话题，以及表现出适当程度对他的好奇。她的遣词用句不特别，偶尔会出现连他也能马上意识到的错字，但又有种不具威胁感的亲切的聪明，总之，完全是个中等教育程度的平凡女孩。而他从头到尾读三到五次后，便出门上班，接着在工作时间里断续地捅着小娄子，因为他的脑子全都用来预誊信稿。下班后，他马上回家，花一个小时将一整天工作错误换来的一千字送出，继续等待第二天早晨。这种等待虽不怡人，但他也有几百个不敢提议其他接触路径的理由。

至于为什么这样一个月后他就无法自拔,则不全然是因为他除了亲戚不认识任何女生,也是因为对方的完美毫无裂隙。这里讲的完美与长发大眼纤细温柔无关——当然他心中也有理想的形象:娇小,最好白一点,像香草冰淇淋又软又甜。但更关键的其实是那些他寂寞多年累积下来的内心戏。比方说她最好爱吃芹菜、红萝卜、鱼与豆子,不吃大部分的肉类跟虾,这样他们一起吃饭的时候就可以互相帮对方清空盘底;她最好也喜欢半夜逛二十四小时营业的超市,把每一样东西拿起来看过再放回去,也喜欢在家看DVD胜过进戏院(但她不会租那种片商买来直接进出租店的艺术电影);她是独生女,小时候讨厌上美劳课,走路时屡屡抬头看天,紧张时会一直说话,容易感冒,以吃醋发泄压力,每次到便利商店都买不同的饮料……

随着她每日多半只是闲聊的一封邮件,她透露出越来越多与他上述种种空想不谋而合的细节,越来越能体贴他心中不可言宣的隐秘,在此同时,他睡眠中的所有梦则被剔除。他曾经很会做梦,并且全是现实中匮乏的快美内容,现在却什么都没有,没有宝藏、没有象征、没有亵渎也没有恩赐,只剩密切的黑。

这种种都不合理,应该叫人心生疑惑,但他觉得美梦并非消散,而是结晶成他与真命天女的遇合,正在赶往成真的路上。所以每日默默回家与上班途中,他想到天幕下有个陌生亲密的女孩与他同步着生活,就有种既空又满的欢喜。

※

他们都没有提过见面的事,这个默契原本让他心内安稳,但许多日光跟雨过去了,许多了解过去了,许多甜美的对白过去了,她却甚至不曾表示他可以打个电话跟她聊一聊天。

也不是说如果女孩走来他就真的敢面对。只是这种像一个人又像两个人,也不孤独也不充满的日子,开始让人心烦,让人不断萌生这样那样的猜想,而不管这样或那样都难以两全。

或许一切完美的她正等他开口,可是他想恐怕不可能有女孩期待他这样的对象。

或许她已经结了婚,有一个三岁的女儿跟刚满周岁的儿子,丈夫从头到脚都在出油,她只是在喂奶与恨生活的空当里换几十种不同的身份,让几十个可悲的家伙天天胸膈闷胀。

或许是个无聊男女，大费手脚只为看一个陌生人出丑。

或许对方过不久就会要他汇钱到某个账户。

或许，还有一个最糟的或许，他未免内愧地推理着，她可能跟他一样，全世界最不想看见的人就是自己。

想到这点，他决定停止或许下去。现实不来催逼已是宽赦，没理由还自己迎上前去。而且，他忖度着，谁知道呢，说不定就有个娇小美丽的女孩被造来爱他。如果有人赢得乐透头彩，有人遭雷殛后生还，凭什么忍耐了这么多年的他身上不能发生一点奇迹。

※

大概因为向来有避开任何反射表面的习惯，所以，他是最后一个意识到异变的人。

起初是对街中学的一群小女生，每个傍晚都来速食店里写作业，书本考卷铺满桌面很像一回事，但几双带笑的眼睛完全不在功课上，总遮掩闪烁地跟着时而收银时而煎肉时而拖地的他。这使他极端不自在，大量犯错，然而无可奈何。

接着是同事们形迹明显但内容不详的小话。他知道他们一直爱说人小话，只是不知道有一天也会说起他。

最后是他的母亲。一日早上她忽地想到什么事需与他谈，按了电铃他开了门，她却呆了一呆。"对不起，我按错家了。"

"妈，什么按错家？"

因太讶异，他母亲也忘了来找他到底为的什么事情，端详他良久后只说："你怎么瘦这么多？"

事实何止如此，母亲神情恍惚地离开后，他在厕所里对镜站了半小时，虽则还认得出自己，但非常害怕，一直想起鞋匠与小矮人的童话故事，好像也有某个夜半来天明去的什么东西，日日在他睡眠的身体上做工，且添且抹，使他成了一个体廓精实、面容清明、泛出某种非现实光亮，甚至还确确实实长高了八公分的男人，连眉角生毛的黑痣都退隐成一块形色平浅、让人想象起拳击手的疤痕。难怪数月不见的母亲一眼认不出儿子还惊至短暂失忆，同事们私下传说他不但减肥还整了型，而那堆中学女生自然不关心旧他去了哪里，只是对新他很感兴趣。

他知道是她。现实在女孩出现后开始变形，他却像那个好龙的叶公，闭门在家仓皇，三天后才战战兢兢领受这奇巧的意外，像在社交圈初露头角的暴发户，还不太懂得抬起下巴，经过每个橱窗都得重新发现一次自己，但逐渐感觉良好。同时他也勇于接受百货公司售货小姐的造型指导，她们含笑无视其他来客，声音温柔像在说个秘密，告诉他可以在对街的二楼找一位 Kenny 剪头发，离开时他带着这袋那袋东西，以及两张背面被偷偷写了手机号码的发票。美是阶级，肉身是兵器，他穿越城市中一层一层视线时，知道自己成了统治者。

但他挂念的只有一件事：现在可以见她了，她会来吗？

※

那夜的细节还很清晰。大约晚上八点半，他抱着新行头跟满肚子心事回到公寓，九点，吃完一个街边买来的便当，然后打开电子信箱，一切一如往常，但收件者已然是个新人。

这三天的消匿，他想，会不会让女孩在灯火万家中的某个窗内焦急辗转起来呢？不知为何，这念头让他产生前所未有的剧烈勃起，他不得不放弃一个晚上设想好的、所有用来说服她见面的理由，只写了两句："周末我们去看电影好吗？我请客。"就匆匆关机熄灯掩被上床，一上床就睡着，一睡着就做了多日来的第一个梦，梦见女孩。

梦中人称混乱，有时他看着自己与女孩两具优美的身体彼此攀缠，有时又回到颠动的交合中，女孩的体肤呈半透明香草蛋奶酱色，唇瓣时时拂过他束束神经。达到高潮时，他无意咬下她的肩头，没有血，口感一时软一时脆，滋味则像各种新鲜水果，性欲解散后的他食兴大开，吃得口滑。把女孩嚼完后才猛然想起，不对啊，人家不是食物啊？

他双脚一阵痉挛，弹上地板，抬起头，墙上挂钟的夜明指针指着三点四十七分，而自己人在电脑前，不在床上，面前的荧幕在万暗中迸发强光。他意会到刚刚是梦，吃力地让自己离开那具宛然还在的身体，疑惑着自己怎么在这里，蒙蒙看进他明明记得睡前关了机的电脑荧幕中间。

浏览器开启了一个 hotmail 信箱，是女孩的账号。信箱里整齐排列着所有来自他的邮件。另一个视窗则正在回复昨天的电影邀约，但打了头几个字"你是说看电"就悬住了，感觉像写信的人只是暂时离座起身，上个厕所。

但写信的人并没有离座起身,上个厕所,却是从梦中醒来,右手食指与小指欲语还休地虚扶在"一"跟"ㄥ"两个字键上,并且一直呆然保持这个姿势,直到天光微发,开始听见那些起早赶晚的人车时,他跑进厕所吐出了昨夜的便当菜,有醋溜鱼片、炒红萝卜丁玉米跟青豆、一些饭粒跟蛋末。呕吐物条理分明,他突然想起,自己这段时间竟吃了不少以前从来不碰,但"她"说喜欢的食物。

※

他不知道这算人格分裂还是梦游症还是什么病,唯一确定的是,他工作时精神不集中而且身体消瘦的原因不是爱情,而是睡不好——从他深眠后莫名其妙起身、走到客厅、打开电脑、到 hotmail 与交友网站各注册了一个身份、写信跟自己说"我们应该很聊得来喔"、再回到床上、然后醒来什么都不记得了的那一天开始,有整整一百一十三天,他每天原本七小时的睡眠只剩下被截断的四小时,怎么可能睡得好呢?

仔细翻查那信箱与电脑内部记录后,他无法理解自己干吗对自己做这种事，或许因为实在太需要爱，或许刚好相反地因为太恨自己，也或许因为血亲中不知谁带了一桩神秘的心理恶疾：有人赢乐透头彩，有人被雷打到，他则是有百分之百的机会得中遗传缺陷的大奖。

问题是不管哪个原因都一样，都不改变他永远只有自己的事实。几天内，他就像园游会结束后塌软的气球还原成出厂值：小得莫名其妙的嘴、尖耳朵、顽强的自然鬈、胖、酒糟鼻、矮个子与拖眼角，眉角的黑痣甚至还得寸进尺地由平面长成立体，顺带抽出数茎黑毛。唯一的改变是因为他旷班严重，速食店干部在他手机里留言告知他不用来了，于是他去了便利商店。还有，他把电脑卖掉，倒不是因为睹物伤情或心生恐慌，毕竟他也恢复了狗或牛的坚韧风格，而是不希望自己有机会在不知哪日又起身弄些什么把戏。

不过后来也真没有了，他自此恢复晚晚发梦的习惯，唯内容褪淡成千篇一律的日常：吃了一碗太咸的榨菜肉丝面、急着找厕所、玩电视游乐器破不了关。但他有时早晨醒来，尤其是在催汗的溽暑，躺在床上闻见自己终夜不散的体臭，回味着梦中那具宛如奶酪的女体时，他总不可抑制自己去揣测：那晚凌晨三点四十七分"她"来不及写完的那封信里,到底原本要跟他说些什么东西?

想到这里,他会非常憾恨,却仅能长长叹口浊气后从床上起身,换穿上跟昨天一样的T恤与短裤,准备到便利商店接班,然后拿店里报废的面包牛奶当早餐。他拎起钥匙,掏掏口袋里还有些零钱,走出大门,完全忘记今天是自己三十二岁的生日,只是又开始了一个美梦永不成真的日子。

(2005年时报文学奖·短篇小说评审奖)

卜算子

他们的每一天都是这样开始的,起码在他身体坏了之后,他们的每一天是这样开始的:伯起得早,他起得晚,但不会太晚;闹钟醒来,冲澡,仔细地刷牙,他看牙医是不太容易的;在镜子里检查自己,看起来没事,量体温,看起来没事。今天看起来,没事。

那时伯也差不多提早餐进家门。固定两碗咸粥、两杯清清的温豆浆。伯多加一份蛋饼,他多加一包药。两人边吃边看新闻。时间差不多,伯先下楼,他擦擦嘴,关电视清垃圾随后跟去。

伯已经很习惯有他在一边帮手。接预约电话,一天只开放早上两个小时,时间过了线就要拔掉,否则没完没了;备录音机,装上给客人带回家慢慢听的录音带。挂前几号的陆续到了，问生辰八字，录在朱红笺纸上，送进伯的书房。回头端茶过来，顺势引客人内。

今早进来的是一对男女，不高不矮不胖不瘦，都戴眼镜。男子衬衫西装裤系皮带，女子双颊多肉，穿一件带荧光彩色的花洋装罩着短袖针织洞洞小外套，很世俗的类型，风景区里"麻烦帮我们拍一张照片好吗？"的类型。要结婚了，奉命来合八字与择日。男子上下望他一眼，对他不是太以为然的样子，他笑一笑，很习惯了，看看两人生日，比他小几岁。伯把一切瞒得很好，伯说自己一个人年纪大了，孩子是回来照顾他的，孝顺呢，邻里夸他，真是好孩子呢。

伯论命时会关上门。他坐在外面，读报纸，接电话，上网，打一杯五谷汤喝。透天厝的一楼，粉光实心水泥墙四白落地，从外看来，若不说，也就是最寻常的乡间人家，谁知道里面有那些人心与天机。大晴天，太阳穿进铝门窗棂格，在冷津津老磨石子地上筛出一段一段光块，有时他就趁着没人躺在那块光上，闭着眼睛听，饮水机的马达声，电脑主机的风扇声，门外的大马路有车子哗哗开过，这些车子一部一部都十分明白自己要往哪里去，热闹而荒废。

本来不会是这样。其实伯从前最不喜欢他对此一营生好奇，也几乎不提他的命理，只说过："你就是注定要念书，好好念书，你只要好好念书就后福无穷。"也确实他怎么念、怎么考、怎么好，高中开始独自上台北，一路当第一志愿里的中等生，逢年过节周末回家，伯娘没有一次不是冬暖夏凉熬好糯米粥又炒一锅麻油鸡，等他前脚进家门后脚就有的吃，典型的好命子。

除此还知道的唯一一件相关：伯虽然是爸，但不能叫爸。命里刑克过重。老方法应该过给别人养，然而伯孤枝一根，无兄无弟，晚来结出一子，最后折中，不喊爸妈就好。他倒没怀疑自己是抱来的，镜子里头老照片上，三口人的相貌完全是算术，一加一等于二，自小到大无改。伯又说，刚学话的时候，一直教啊，小孩子这东西真是奇怪，他就是要叫爸叫妈，教好久才学会，要叫伯，还有伯娘，你说小孩子这东西是不是真奇怪。

这段小事也是后来回伯这里生活才听他讲起的了。他没想过有一天会回到这里生活。他已不记得也没算过的几年前，伯娘患肺腺癌，胸腔打开来一看，无处下手，又原封不动缝上，六个月不到就没了。出殡结束那天，下午回到家，两个男人在屋厅里分头累倒，无话枯坐光阴，彼此连看一下灵堂上挂的伯娘照片都是分别偷望，怕被对方发现。

"要不要不然我多住几天再回台北。"最后他问。"不用。"伯回答。然后沉默。他以为伯睡着了，忽又冒出："不用。你不是说学生快要期末考事情很多。"

灾中之灾。回台北没多久，追一袋血追到他身上。对方在电话那端像老式拨盘电话线一样自我圈绕——我们知道，你一定莫名其妙，这么突然，很不能接受，但是，还是要请你来一趟，检查看看，也不一定——讲来讲去不知重点。他那时受昔日指导教授保荐回锅当兼任讲师，小小的学术香菇，一边孵菌孢一边改破铜烂铁卷子改得恶向胆边生："你到底讲什么讲半天我听不懂啦！"开口骂过，那端忽然条理起来。

"是要请问，你之前出车祸输过血，对吗？当时那位捐血人，那位捐血人，最近验出罹患后天免疫不全症候群——嗯，就是一般俗称的——（不用讲，我知道那是什么。他打断。）——我们必须，必须请你来验血。"

又得再往前追，想起来了，是更早的事，原来早就被算计在里面了。那是所谓"老兵八字轻"的退伍前，他收假前车撞电线杆，骨盆裂开，内脏出血，看过现场的个个都说他命大。伯跟伯娘赶到时，他正在手术麻醉后的后遗症，吐到肠子打结，但心里知道没事了，看着伯脸色发白，伯娘两手紧攥如石，他小声说笑："你现在总该跟我讲一下我的命到底是怎样了吧，他们每个都在说我命多大多大，我都不知道到底有多大。"伯说："很大，很大，等你伤好回家我慢慢跟你讲。真的很大。"

当然伯终究还是没跟他讲过什么。他也不在意，不是信或不信的问题，无关而已。顺利考上硕士，顺利毕业，顺利获一跳板小学术职，顺利通过留学考试准备申请出国，未来百般费用伯已经帮他立好一个美金账户在那里。典型的小康知足，典型的一帆风顺，典型的好命子。禄命是无关的事。

只没想过如此，灾中之灾。那时讲的命大命小都变笑话，证实感染，基因比对确认是那次输血的结果，没有发病，亦无人能预测何时会发病，仍被判断应当治疗。吃药，呕吐，腹泻，无食欲，体重暴落，万事废弃。辞职，断人际，拒绝一切支持系统，躲在台北近郊靠山一顶楼加盖日日霉睡。唯一只告诉伯自己搬家了，其余怎么解释？跟谁解释？谁给他解释？没有解释。

哪晓得伯不知冒出什么灵感，忽然找上台北，伯问清楚，伯没有哭，他哭了。你不要靠近，你不要靠近，我流眼泪又流汗这里都是病毒。你当我没知识啊，伯一巴掌打在他捂脸压泪的手背上，你当我乡下人啊，你以为我不知道这样也不会怎样啊？谁知道啦，不要冒险啦。

"现在我没有什么冒不冒险了啦！"

伯带了他回家。从此每天每天，伯起得早，他起得晚，但不会太晚，两碗咸粥、两杯温豆浆。伯多加一份蛋饼，他多加一包药。时间失去弹性与线性，不必多久，就好像一辈子如此永远都如此。

后来领到一笔救济金，两百万，像伯一样的卖命钱，伯论一个八字，多年就是两千块，他算算等于一千条。伯说你用，去用，尽量用，花光光，爱买什么买什么。他没讲话。那时屋内秩序陌生，都不知这个那个收在哪，背地里翻箱倒柜，找伯的存折跟账号，要汇过去，结果拉出一牛皮纸袋，啪啪啪啪，好戏剧化，落下几包厚信封，晕出一阵檀木薰香（是伯还是伯娘呢，拿香包跟这些东西放一起做什么呢。），细看原来是当时申请几个国外学校的答复函，当时为免遗失,他统统填的老家地址。打开来,一封一封都是录取通知。

※

到底是谁照顾谁,大概还是伯照顾他多一点,早餐伯买回来,两顿也由伯料理,不脱蒸煮的白肉鸡蛋青菜五谷,他营养必须有十二分的秩序。本来还要他饮鸡精,腥得离谱,最后改成三天蒸一碗鸡汁,去跟附近一个有半山野放农场的主人买土鸡。他很讶异这些事情伯是怎么学会的。"你伯娘那时候嘛。"伯淡淡说。

至于他的医生,就总是一种可怕的乐观口吻,每次回诊必加一句:"别担心,活着就有希望。"其滑稽态度简直像类戏剧里演的医生。他控制着没回话:我之所以忍耐持续配合治疗,不是因为"活着就有希望",只是病毒浓度控制愈低、发病时间愈晚,对我伯的危险愈小。老人家除了血压高些,身体结实得让人烦恼,我不是想带病延年,是烦恼伯他无子捧斗送终。

跟伯在家空下来的时候,虽然没什么一定要说,但也不能老是什么都不说,于是伯有时,就会忽然半空作声。今天挂早上十一点的那对情侣,你有没有印象。有啊，怎样，他们来合婚喔。嗯，所以说合婚最麻烦，那个一看会有问题，可是两个人下个月就请吃酒，你要怎么跟他讲。你是怎么看出来有问题，我觉得还好啊，很登对啊。登对归登对，男生三十二岁到四十一岁不好，很不好，大限夫妻宫双忌夹忌引动铃昌陀武格——讲了你也不懂，不讲啦。你好好笑，讲半天又说我不懂，不然你教我看啊，你又不教我。唉，人算不如天算，天算不如不算啦。

就都也不是尴尬、但也绝不自然地无话了。

倒是那之后，渐渐伯会拣些情势简单或特异的命造跟他说说，斗数子平，混着拉杂讲，星曜格局四化神煞喜忌，他信耳听久，听出半成一成，忍不住跟伯要自己的出生时辰排盘细参，伯也说过，每个学禄命术者都得先从自己身上起步推敲征验，但伯不答就是不答。

"没有时辰，以后你就不会想去问，防你将来上当。"

"上什么当？"

"谈男命先千后隆，谈女命先隆后千。"

"什么东西啊？"

伯嘿嘿笑两声："江湖诀。隆就是捧你，说你好啊发啊。千就是吓你，讲这里有破格、那里有冲煞……

还有，我讲给你听——言不可多，言多必败；千不可极，千极必隆；小人宜以正直义气隆他，万无一失；君子当以诚谨俭让临之，百次皆——"他觉得伯摇头晃脑顾左右而言他，有点恼怒：

"那你到底有没有看过我的命。"

"我当然算过你的命。"

"我要讲的不是这个意思——"

伯打断："我知道你不是这个意思。但是有差别吗？"

"当然有差别，"他说，"当然有差别！你一辈子看那么多命，你到现在还是每天看那么多命，那么多人上门叫你老师、问你那么多问题，结果你连你儿子这辈子就这样毁掉、你连你儿子这辈子一场空都看不出来——"最后几句，声音拉扯到说不下去，破裂了。他长久出力维持的平静终于破裂了，他以为他真的很平静。

"很晚了，睡觉吧。"

"所以你也是拿那个什么隆什么千在骗人，拿那个骗人骗了一辈子。你怕我将来上当，你说你怕我上当，如果有将来上当也可以，上当有什么不可以。你就是骗人才会害我变这样子。"

"睡觉吧。"伯大声地，不是怒不是急只是打断他，

"我很累了,你不累吗?我要睡觉了。早起的鸟儿有虫吃。"伯背过身上楼,顺手把厅里的灯光给拨灭。

他坐在那里恍惚,一时觉得可以把世界坐成末日,但其实不行,末日都是自己的。墙上一面夜光钟,数字与指针绿幽幽慢慢亮出来,那也只能自己亮着,照不见什么。十一点四十七分。

他起身回去自己房间,他还是必须睡,他最晚最晚必须在午夜前入睡,他是不能熬夜的。

※

他们的每一天都是这样开始的:伯起得早,他起得晚,但不会太晚,闹钟醒来,冲澡,在镜子里检查自己,看起来没事,量体温,看起来没事。今天看起来没事。那时伯也差不多提早餐进家门。固定两碗咸粥、两杯清清的温豆浆。伯多加一份三明治,他多加一包药。

他说:"我吃好了。""好。""我出门了。""好。""我帮你把茶泡好在桌上。""好。等一下好像会下雨,你要带伞。""车上有伞。我走了。"

雨一直没有下来。

"你想过报复吗？你想报复谁吗？你可以谈谈，没有关系。"

医院安排的心理师永远在问他这件事，但是他一直没有回答。那是一名四十出头的矮妇人，男式头发，小型的黑脸，扁唇方腮。他坐在那里看她，心中永远在想另一件事：对不起，我可以睡一下吗？我可以在这里睡一下吗？请你继续做你的事或说你的话，不用管我，我真的很想睡一下。

不是为了逃避，是真的进门就好困，那温度，那沙发，那空气，都是与他完全无关的干燥的一切，让他好松弛。他想这该算是她的成功或不成功？"最近，我跟我父亲吵了一架……"总是得找话说的，"不过，也不算吵架，我父亲没有说什么，我自己其实也没有说什么，但是我很恼怒，然后他就自顾自去睡觉了。"

"你们吵架的原因是什么？"

"没什么大不了的事，很小的事。"

"可以谈谈吗？"

"就……也没什么，我只是忽然对我父亲很生气，我好像故意说了一些话……算不算伤害我也不知道……总之不是好话。"

"你应该为这些愤怒找一个出口，"她说，"咨商的目的就是要帮你消化那些无法处理的情绪，可是你有没有发现，你说得很少，你应该试着说说看，你应该告诉我。"

"我不知道该告诉你什么。"

"例如，你心里没有任何报复的念头吗？你难道不恨那个捐血的人吗？他有可能不是故意的，但也有可能是故意的，你不恨他吗？"

他知道她真的很好奇，面对灭亡的人都知道旁观者有多好奇，就像每个鬼都知道活人多么爱看灵异节目。"其实，真的没有。我是说真的。"他也一直想不通为什么竟从没想过要恨那个病血者。"如果你非要问我恨谁，想要报复谁，我想大概是当兵时几个同梯吧。"

"同梯？"

"嗯。"

入伍一阵子，被发现一脸好人家小孩童子鸡相，几个人再再情义怂恿，要带他去"品茶"，一开始他真的以为是喝茶，直到其中一个说："我老点的啦，可以不戴套喔。"恍然大悟。才说不太好吧不习惯这种事。"喝过就习惯了，没喝过茶不要跟我说你是男人啦，还是你喜欢纯情一点，不然介绍你很正的鱼妹妹，超正的。"援交个体户交易叫"吃鱼"，他推辞了。

"我常常想到他们。"

"你跟那群人还有联络吗?"

摇摇头:"没有。不过有听说带头那个,现在开了一间家具行吧,在台北,五股那里,日子过得还不错,赚了一点钱……后来也结婚,有小孩了。"

"如果现在碰到他们,你觉得你会有什么反应?"

"……我想想……"他抬头看她,笑起来,"我想把他们拿童军绳结成一串,绑在卡车后面,拖到省道旁边烧死。"

她点点头,停顿一下,又点点头。"很好啊,很好。今天你有很大的进步。"她抽出一张便条纸,写几个字,想一想,又写几个字,推到他面前。

"我觉得你应该可以读读这几本书。我不会一开始就推荐给我的个案这些,但是,或许你现在读了会有一些不同的感受。"

他看一眼,抽出夹在双腿之间的右手,伸食指轻轻推回去:"我都读过了。"

"你都读过了?"

"一开始就读过了。"

"那要不要谈谈看你的想法?有没有带给你什么启发?"

"启发。你觉得……"他忽然发现自己仍在笑,"你为什么觉得……一整个村子的人生病生到灭村这种事会给我启发。你刚刚说启发吗?"

"或许你还没有准备好。"她把面前的纸条拈起,嚓嚓,撕成两片、四片、八片,掷进垃圾桶。其中一屑太轻,飘在地上,她弯下腰拾了又扔,顺手将那金属篓子往墙角哐啷一声推齐。"我知道这样讲可能很残忍,但是你真的应该正面思考,你知道有多少人,你知道外面,世界上,有多少人,他们完全没有资源,也没有支持系统,他们被排拒在社会跟家庭之外,有些人还有非常紧迫的经济压力,可是找不到工作。你应该来参加我们的团体咨商——"

"你相信算命吗?"他问。

"算命?"

"对,算命。"

"大概……一半一半。"

"你知道,"他直身正坐,"我父亲是命理师,在地方上很有名,很多人来找他,请他帮小孩子取名字什么的,还有那些要选举的。可是他从来没有跟我讲过我的事情,从来没有。你说如果是你,你会不会觉得很好笑?你说你会不会这样觉得。"

"我觉得,我觉得你今天很有进步。你应该正面思考。"她把桌上的纸档案夹子合起来,又点点头,"对了,像现在这样保持笑容也是很好的,你真的有进步。"

※

他们的每一天都是这样开始的:伯起得早,他起得晚,但不会太晚,闹钟醒来,冲澡,仔细地刷牙,在镜子里检查自己,看起来没事,量体温,看起来没事。今天看起来,没事。

伯提早餐进家门。固定两碗咸粥、两杯清清的温豆浆。伯多加一个饭团,他多加一包药。两人边吃边看新闻。时间差不多,伯先下楼,他擦擦嘴,关电视清垃圾,随后跟去。

伯看见他,指指电话:"以后听到要挑剖腹时辰的,都不要接。以后不挑了。"

伯娘走前,他觉得只有别人会死;死了,是天堂鸟或地狱图,也不必关心。后来他们给伯娘化冥财,烧纸扎,一落落金天银地,红男绿女,几乎接近喜气,又有一只小小仿真手袋,他拈起来,与伯娘日常爱用者纤毫无差,差点破涕为笑了,对一旁当时的女友与伯说:"我死了以后,你们一定要记得烧金纸给我,我好想知道这到底能不能真的收到。"

女友脸上变色:"你胡说八道什么!你怎么在你伯面前这样子讲话!你有毛病啊!"伯在烟那一头回答:"要烧也是你给我烧,我也想知道到底能不能收到啊。"伯拿铁叉把炉里的厚灰拨松往里推,"要不然你看这个小包包,跟你妈的真包包价钱没有差多少啊!"

再后来他常揣测,一旦把他拿掉,伯的生活会是什么样子。早早起床,梳洗换衣,出门买一碗咸粥、一杯温豆浆,加一份蛋饼。当然,不可能这么简单,做人又不是做算术。据说人弥留之际,一生关键场景将在脑内闪过,这说法几乎是所有没死过的人都相信了,他有时想想,想不出自己有哪些瞬间值得再演一次。

他问:"为什么?"

"不知道。"不知伯从哪儿抽出一沓粉红纸,啪一声落在书桌玻璃板上,"这些全是没生到的,我帮产妇择日都挑三个时辰,家里人跟医生自己去商量。好啦,大家看定啦,刀也排好啦,孩子偏偏就提早自然产出来了。你说提早一天两天、三个小时五个小时,也就算了,提早二十分钟、三十分钟,没有意思。"

伯嘿嘿笑:"最可笑的是什么?最可笑的是,一个妇产科医师娘,四十岁,人工终于做到一个小男孩,包一个十万块的红包,千交代万交代,要悍哦,这个小孩要够悍哦,有好几个堂兄弟姐妹,不悍不行哦。结果时辰不到,孩子就出来了,她老公亲自帮她接生,夫妻俩硬憋憋两个半小时,憋不住,刚刚好差一刻,十五分钟。他们来问我这个八字怎么样。看都不用看,怎么可能好。"

伯说:"天不给你,你硬要,祂就不但叫你拿不到,还要让你受罪的。"

"嗯。"

伯说:"以为有钱出钱有力出力就可以,人生哪有这么容易的事。"

"嗯。"他在电话旁的桌历纸台上信手写下"不接剖腹择日"。

趋吉避凶,知命造运,妻财子禄,穷通寿夭,人张开眼到处都是大事,可是他觉得,那些再艰难,也难不过人身前后五孔七窍。他记得几次在伯娘病房里外,跟伯两人怎样地计较她饮食,怎样为了几 CC 上下的排泄忽阴忽晴,觉得日子一切,不过都是伯娘屎尿。伯有一绿色本子,详细记录伯娘病后每天吃喝多少,拉撒如何;医嘱用药等等,反而从不提起。

有时他怀疑伯是不是也这样写他。

伯娘走的那日,本子上写了一百五十CC梨子汁,是他早上喂的。伯娘喝完了,精神一般般,不算太好,也不算坏,看了看电视新闻说想睡一下,她每天都是早上吃些果汁与粥,然后睡一下的。他坐在病床前啃另外一个梨子,吃完洗过手回来,才发现伯娘睡容十分奇怪。

回光返照,常听说的人临行前各种神异情状,甚至几句交代或者成谶的语言,伯娘都没有。他以为七七四十九天,两人总能梦过一次吧,也没有。反而是那时,两老都还没见过的女友,在另个城市给他电话:"……我好像梦见你妈妈。"

女友说,伯娘着嫩黄色套装,颈上短短系一条粉彩草花方巾,站在傍晚闹区的马路边上,梦中伯娘向女友抱怨,她的东西都没有地方放,女孩低头一看,果然许多随身小物落在地上。

他跟伯说这件事,两人赶紧拿了伯娘生前爱用什项,包括一只名牌手袋,请人照样糊成纸扎,否则,没有理由远方女友会知道伯娘最后穿什么的。他问伯娘梦里看起来如何,女孩想了想:"胖胖的。"他听了,眼泪一直流,伯娘病前,确实是丰肥的妇人,可是纳棺前为她换衣服，身体吃不住布料，空落落的，伯说："看起来很苦命。"他听了，觉得头昏，心里想都到这个时候苦命好命有什么差别呢，但还是去找来别针，想将裙腰缩起，看上去就有精神，葬仪社的人劝告："不好呢。火化的时候，别针那个塑胶头会熔掉，到时候一截尖尖的针留在师母骨灰里，万一跟着入瓮，先人不安，对家运很不好喔。"

伯终究偷偷地把伯娘的衫裙都紧得十分称身。伯一边说，这说得没有错，千万记得，到时候要统统挑掉，他一边算总共用了几根大头针。后来却真的，大家细细爬梳，仍没找齐，不知是烧化了，还是落在炉里，"对家运很不好喔。"有时他想，或许真有残留一些，一直在那只坚玉坛底刺痛着伯娘吧。

为了那梦，女孩赶到他家帮忙。伯娘是孤女，伯是几代单传子，讣闻上只有孝子跟杖期夫*。从前他考试，亲属关系表就背不起来，现在最多有邻里与几个特别熟的老客人，场面再漂亮、布置满堂再贵的大爪黄白菊与蝴蝶兰，他仍然觉得是身后萧条。她来了，感觉好很多，而人身后诸多眉角，她识规识矩，令他十分

---

* 妻入门后，曾服翁或姑或太翁姑之丧，妻死，夫称"杖期夫"。

诧异。

那时他们交往不到一年，实在不久，许多事还来不及交换。一个晚上，伯已睡了，她洗澡从客房出来，敲敲他房门，两人半累半精神，躺在床上说话，女孩慢慢告诉他，她父亲从前在中菜馆子做大厨，日子还可以，家族里一个姑婆，找他合伙开港式茶楼，三层楼，宫灯彩檐金漆红地毯，都是假的，但担保与文件上她父亲的名字，都是真的。那时她与妹妹都很小，她们偷听父母深夜争执语气，听见每到"还债"两字就咬牙，以为是骂人的话，两人吵起架来会大喊："你给我还债！""你才还债！"

"我爸回去给人请，当厨师，半夜再跑出租车，太累了，到死前都不知道身体发生什么事，倒下来马上没心跳呼吸，死亡证明上写多重器官衰竭，其实就是累死的。我妈继续养小孩还钱，门牙坏了拔掉也装不起假牙，最便宜要两三万块呢，张开嘴黑黑的一个洞，"女孩说，"听起来没什么，可是你不知道那样子在都市里生活，有多突兀多为难，所以后来她不爱笑，也不爱讲话。她长期要吃安眠药才能睡，有一天我们早上去上课，她到下午都没去上班，警察跟她的同事通知我们回家，说她安眠药吃过量了。"

"最困难的时候早就过去了,我自己大学快要毕业,我妹也刚上大一,债还有一些,不多,而且我们两个人都在打工赚钱,实在没有理由自杀;可是,她拿了那么多年的安眠药,怎么可能忽然犯这种错呢……我们都想不通。所以你说,我为什么会懂这些,就是自己从头到尾办一次。不可能忘记的。"

"我没有想到过,"他很惊讶,"我们都以为你是那种、那种家庭美满的女生。"

"你不觉得跟别人讲这种事情很廉价吗?把伤口里的肉拨开来给全世界赚眼泪讨摸摸,很廉价,而且没有基本尊严。你听,我这样讲给你听,是不是跟电视或报纸上那些大家看一看叹一叹气聊一聊的新闻没有什么差别?"她背身面墙,蜷身做睡眠姿势,"大部分的人没有经历过这些,他们都用一种意淫的方式在感动,干吗给他们看戏。要不是你现在也跟我一样了,我才不告诉你。"

跟她一样了。所以他一直怀疑灾难真的不是随机的,而是像她的家族遗传或像他的传染性,一旦遇过一次就有后续成群结队地来拜访。他后来痛苦地要她赶紧去检查,赶紧去,虽然他们为了避孕一直有保护措施……她马上就对他尖叫,她尖叫说你搞什么,所以你搞了这么久失踪吗？你为什么现在才跟我说，你搞什么你，你不要过来，你很恶劣……他真心觉得她倒霉，所幸她没有事，她说还好没事，但是光为了等检验结果出来的那段时间我就应该杀了你。他说对，你应该杀了我，我也很希望你杀了我，可是你知道吗，我现在真的不能死。

※

　　他们的每一天都是这样开始的。伯起得早，他起得晚，但不会太晚；闹钟醒来，冲澡，仔细地刷牙，在镜子里检查自己，看起来没事，量体温，看起来没事。今天看起来，没事。

　　伯提早餐进家门。固定两碗咸粥、两杯清清的温豆浆。伯多加一份烧饼。

　　"你最近吃得好像比较少，你有变瘦吗？"伯说。

　　"没有啊，大概天气太热了。"

　　也是十分奇怪，他们没有讨论过应该怎么生活，病情后事，绝口不谈，可就如此顺势地安顿。亲与子真是多少奥秘，彼此精神里仿佛有密契的丝脚可以牵一发动全身。伯做饭，伯赚钱，不动刀剪的他洗衣打扫，他特别喜欢清洁，多次把双手双脚浸在稀释消毒水里，皮肤红灼裂痛，安慰地倒掉，换一桶，开始拖地。有一回他在自己房间浴缸里加了洗衣漂白水，浸在里面，又腥又利，黏膜都蚀伤了，医生严重警告。

鸡尾酒药物微调过几次，与身体接近言和，副作用不重，虽然人还是偏瘦，气色衰微些，看上去也只是一个弱质的年轻人；若早上见他就着清水吞那把药丸与营养补给品，还以为是吃维他命。医生常告诉他，要当作得了慢性疾患，像洗肾或吃血压药心脏病药，带病延年："高血压心脏病肾衰竭，如果不好好控制，也都是很致命人会突然走掉的病啊，你知不知道一年有多少人脑血管破裂死掉，而且你看洗肾比你还痛苦还不自由。"他想你这算是在安慰我吗。

他吃下药。他的豆浆只喝了一半。

"你已经有好一阵子早上豆浆都没有喝完。"

"真的吗。"他说，"我没有注意。"

"你是不是不喜欢喝豆浆，还是喝腻了？"伯说，"喝腻了对不对，喝腻了吧。"

"应该是喔，大概真的是喝腻了。"他说，"我们每天都喝豆浆。"

"那明天喝米浆吗。"

"好啊。"

"你吃饭也变少了,是不是白水煮的吃太久吃腻了。"

"有一点。"

许多次想与伯谈,扒开来谈到底。他毕竟报废了,是把名字寄存在活人这里的鬼,伯不能这样当作无事,不能当作他每天早上真是在吃维他命。可是他该怎么启动话题?要说,伯,我有一些文件放在衣橱左边上面数下来第三个抽屉里;还是说,伯,你也该想想,我万一先走了你一个人行吗;或者说,伯,我希望你找一个老伴,最起码我们该养一只狗,我不是一直说应该养只狗吗,车棚那么大,养两只都可以。

"你伯娘走前讲了一个食谱,教我怎么炒麻油鸡,我写在那个绿本子里,你把本子找出来给我,我们明天来吃麻油鸡。"

"伯娘干吗教你麻油鸡,她又不能吃那些。"

"她说你爱吃。外面味道不对,她有秘方的。"伯说,"她就是怕你以后吃不到。"

他喉咙起伏,又点点头。

"你出生的时间是早上十点三十七分。你伯娘总是说你真乖真好,你看,她前晚还睡了一个饱觉,起来正要吃早餐，八点就忽然说肚子好痛，我们赶快叫车到医院。那天太阳好亮好热闹的，满世界跟镀金一样，不到两个小时你就生出来了，我问你伯娘痛不痛，她说，"伯笑起来，鱼尾纹一拖深深到两眼水底，"她说，当然痛，可是好像也没有人家说的那么痛，一下子那么快生出来，真丢脸，像母鸡下蛋一样。我说那你难道能憋着吗，不能憋的。"

"告诉你了，"伯继续说，"十点三十七分，你就去参吧，我看你每天在那个电脑网路上看那些教人家算命的，没有时辰你怎么看。"

"子丑寅卯辰巳，"他弯一二三四五六手指，"巳时。"

"对，巳时，参不透再来问我。"

"你不是都不要跟我说这个。"

伯停了半晌："说说也好。说说没什么。每天也没什么事，我来教你一点，将来……末流营生也还是一种技艺，哪天伯不在了，你在这地方也能活，不是说你没用，只是伯知道……出去外面，你这样很不容易……"

乡间的时晴天，快云争逐过日，他看着光线在墙上挂的一幅字上忽明忽灭。"醉者乘车坠不伤全得于天也。"多年前,一个老书家写来赠伯,他进进出出从小看到大,从不经心,只有病后一次,他坐在那里,空松地无意识地望它,忽然想这到底在说什么呢,起来google一下,才晓得原是一首古词最后两句(可是作者他忘了,要知道得再查一次),调寄"卜算子"。他想一想,七窍风凉,周身毛竖,这岂不是讲开了他与伯一生的机关。

"好,"他说,把豆浆慢慢喝掉,他有点反胃,还是喝掉了,"我明天从医院回来就讲给我听好吗,明天下午四点才有一个客人。今天我们排得很满,没有时间了。"

"对啊,今天没有时间了。"

※

明天当然也是一个每天同样的开始:伯起得早,他起得晚,但不会太晚,闹钟醒来,冲澡,仔细地刷牙,在镜子里检查自己,看起来没事,量体温,看起来没事。今天看起来,没事。

夏天早晨走进厅里,茶几上两碗咸粥、两杯稠稠的淡褐色的温米浆。他随手翻着桌上邮件。"我要去医院了喔，中午就回来。"报纸。"实在不是很想去。"电话账单。"每次都要找话说。"房屋广告。"我想我停掉算了。"水费。"人家说命理师就是以前农业社会的心理医生，你要教我，我可以自己来治自己。"伯说："好啊。"

走出门那一刻，日光太好了，已经几个礼拜没有下雨，他想到伯说的镀金的世界，眼睛有些畏涩；他忽然想到很多琐碎的事，想到今天有些东西，或许可以谈谈。

也是有不曾想到的，例如他左脚踏出，不会想到几小时后右脚踏回，就觉得奇怪，伯没有在书房，上楼看见伯还坐在藤椅上，电视遥控在扶手上，伯的手盖在遥控上，电视空频道噪声沙沙沙沙，沙沙沙沙沙沙。他说："伯你在看什么啊。"话一说出口他就知道了。沙沙沙沙，沙沙沙沙沙沙，他还以为伯在转台还是在准备放动物频道全套 DVD。伯爱看动物频道，伯有一次说他看人看得好累，每天看这么多人，他想看动物，他就去买给伯。伯也好喜欢看。

沙沙沙沙沙沙，脑子里都是这个声音。他知道了。如果人弥留之际会见走马灯，他想，如果真的会，那他将来一定再见这一幕。他曾经听人耻笑死亡，看过连死亡一角都没见过的人表现出潇洒,他完全不知道那到底有什么好笑,也不懂现在自己该如何潇洒。他心里有一个声音说,说你现在在干什么,你每天吞那么多药、喝那些难喝得要死的草泥巴生机汤,不就是为了让你能看伯入土、而不是伯得要给你盖棺吗。你应该坐下,不要出声,想象伯已经或即将得到一个答案,你很清楚这是个好的收场。这声音说得都没错,他知道。

有一次,电视谈话性节目讨论迷茫度日的年轻人,说他们混吃等死,他那时觉得这四字,之于他真是太贴切了,混,吃,等死。努力混日子,好好地尽量地吃,等伯死,殓成一瓮,捧在怀里,入莲座,化金银,伯终于要知道他到底收不收得到纸钱了。出生时伯已经失去他一次,还好最后不必再送走这个独生子。他今天好欢喜成为一个无父无母的孩子。

他们的每一天都是这样开始的,但伯的这一天已经结束了。无常往往最平常。他捏捏伯的头,又捏捏伯的脚,他的伯,今年七十有一,会有各种原因,但是他不关心,那些是新闻纸上记事细节,他人的谈资,说伯千算万算算不到自己,谁会知道这是喜剧。他跪在那里,不是为了要跪或该跪,而是因为腿没有力气。

桌上的早餐被他掀翻在地，汤水温热未冷，痒痒浸泡双脚。他心想命运对他一家，总算手下留情，他想叫一声爸，可是一辈子，二三十年，没有叫过，口齿不听使唤。他轻轻抱住伯的膝盖，伯的膝盖轻轻偏过一旁，现在的他，终于不担心眼泪沾到伯的身体。

（2010年林荣三文学奖·短篇小说组二奖，首奖从缺）

鬼的鬼故事

发现"也就是这样"的时候他万念俱灰了,可是再没有什么别的努力方向。走在生路上,还能期待有死可以赶赴,然而在死里发现没有地方可以去时怎么办呢?因此实在没有什么事比鬼的万念俱灰更暗更淡了,是地上一把甩残的香火灰,是炉子里逐萎逐灭的金纸屑。

我做了鬼也不放过你。我做鬼跟你讨这笔债。你等着吧,我做鬼弄死你全家。在冤抑的、欺枉的、恶贯满盈的世界里,其实死亡也是光亮,其实死亡也是希望。

不过他的情况就只是这样而已。也不能说是被糊弄,的确是卸载了呼吸,似乎也真的变成所谓鬼魂,但总之就是有什么地方跟大家说的都不一样……例如中午他背对着食客们，垂首吊挂在面店墙角高悬的脏脏的电视机下，一面看重播综艺灵异节目，一面观察上班族吃饭时的食道扩张，忽然发现这一切知觉在物理上完全不可能。但也就是这样而已。荧幕里的故事凄厉，戏剧化的大能与怪异。无首尾的肉球。支离的脸。不存在的月台与列车。他跟人家相比简直开玩笑，心里一羡慕双腿就像赶苍蝇一样半空兜圈，也知道羡慕再多一点就要变作哀怨，警觉到这堕落的可能性，他伸手扶住电视荧幕阻止自己摇晃。

眼光厌倦的面店老板剁一碟猪耳朵，抬头啧一声："靠北喔（闽南语）。"反捉菜刀以刀柄扣扣扣地戳那真空管老电视机驼驼的屁股。"阿林你这电视接触不良，该换了啦。"一个熟客说。

与不受欢迎或者被厌恶或者被排斥比起来，这样的没看在眼里毋宁更伤人（或鬼）吧。毕竟厌恶或排斥也是一种给予吧，在厌恶你或排斥或恐惧你的人眼前晃来晃去，让他心里不痛快，难道不是一种影响力吗？面店老板使用的是一把三代老菜刀，实心木柄靠近时发出一种当然只有他听得到、带警告意味的低频振音，这让他很难受。其实这家面店，他也不真的那么爱来，只不过这是他能抵达的世界最尽头了，不管怎么说尽头都是美。但他决定还是先回去对街的咖啡馆好了，他还决定今天要把名字换成"你看不到我啦啦啦"。

※

租下这店面开咖啡馆的情侣觉得多少是赚到。地段其实不错，前两手开的是面包店；前一手经营商业简餐，生意衰衰的。房东签约时却不无得意，说对了这店里不知道为什么收得到一个不用密码的免费 Wi-Fi 哦，大概是邻居的吧，"所以你们不必拉网线。等他哪天想到锁起来之后再牵就好啦。"

咖啡店并不好做，能省一点是一点。高中开始恋爱，认为一起创业足以挽救关系的两人，都同意这的确算是小小的加值。有时也增添一些比较不那么不愉快的话题。

"ㄟ*好好笑，"女孩说，"ㄟㄟㄟ那个 Wi-Fi，他今天换基地台名字了耶，他今天叫'你看不到我啦啦啦'，

---

* 台湾注音符号，语气词，音同 éi。下同。

超白痴的。"

"是喔。"

"之前它叫作'啊哈哈哈你看看你',好久都没有换。"

"是喔。"男孩说,"对了,你今天要洗厕所。"

"今天?又要吗?我真的是超级讨厌洗厕所。"

因为都不记得,他就对自己有很多猜测,像失眠太久的人想象一碗实实的白米饭那样沉甸滚热的梦。例如,变成 Wi-Fi 的电波这一点,他怀疑过自己是否曾是非常优秀但压力太大的网路工程师呢。可是也不像,他不记得任何技术细节,因此倾向于不取这假设,人世的知识建筑如果这样柔弱可欺,真是连鬼都不会甘心。至于情感,那也未必坚固,他每日心轻肠淡,只知道这叫地缚,没有事象能引出他的"让人想起"。"让人想起"四个字何止于修辞,"让人想起"负责了生活中九成的诗意,但是他无生无活。也或许原因是他曾经很需要很需要爱,死后终于成愿了,谁不是无条件地爱与感激一组免费的 Wi-Fi 讯号呢?爱原来这么简单。他觉得还是去看看女孩洗厕所好了。

女孩没有在洗厕所,她双手握着洗手台边缘,白瓷的手感滑溜富裕,若你像他这样,把头颅取下来卡在女孩右侧脖子与锁骨的夹窝位置,可以看见镜子里他的眼黑珠是白色，女孩的眼白则黑得像一个洞。他没想吓唬人或吃豆腐，只是在潮湿处颈椎酸痛，需要休息，不想把头放在洗手台里，湿湿的，放在马桶或地板上又臭臭的。不好意思借卡一下。咖啡店并不好做，也不可能从免费 Wi-Fi 中节省出一番事业，想拍电影的男孩与想演电影的女孩，彼此已是很不通顺，倒是达成共识将贷款大部分投置于装潢。"是我们最喜欢的工业风！"Facebook 粉丝页第一张照片的注解如此写。七个赞。那是六个月又五天前的事。男孩他们预期过上一种优美的不用洗厕所的荧幕生活。然而生活的脸终究不是荧幕而是厕所。并且你得好好地洗它。

并且只有七个赞。他都知道他们的抱怨，内容都非常地无聊。在 LINE 上各自和各自朋友说对方如何如何地靠不住，要是粉丝页能多用点心经营，生意会这么糟吗？其实他想生意糟大概有一些原因在于他吧，再怎么说自己确实吊死在这间厕所，或许造成坏风水，像那倒霉的简餐店不也没开起来，不过他们卖那种吃起来像沼泽的真空包，倒了也活该。

总之如果两人对民俗眉目稍有警觉，知道请人点检头尾，一开始恐怕也不会错踏这不贵不宝地，甚至有可能让他搭个顺风车弄清楚自己的前情提要。若就此点看来,认为彼此靠不住的确没错。其实他们的电脑手机,弹指任何讯息都流通他耳目,从另一个角度看,两人又是很靠得住的,至今连互相背叛的想象空间都没有。实在非常地无聊。为什么做了鬼还要每天接收与发报人类的无聊呢。当然他忍不住猜,或许是这时间点,破局的成本还是比较高。女孩知道只要不分开,借给男孩开店的那笔钱就还有希望要回来;男孩则常常在性交中想着女孩那个已经得了第二次红点奖的前男友,因此目前,跟这个女孩睡,还是他与所谓胜利组连结最深的时刻吧。所以他们的拥抱仍像蜡像一样完整。毕竟生活就是好好地洗厕所,以及以人生智慧盘整筹码,将本逐利。

※

其实他知道不少秘密,不止他们,谁在咖啡馆里坐一整个下午他已可透过讯号把硬碟读取三遍半。大多是小规模的事,但也够了。酸恨。零碎的贪。心眼角的黏垢。性欲。愚人自赏自怜。其实大的秘密即使邪恶也会很辉煌,是无关宏旨才显得小显得不堪。然而知道秘密这种事,唯一好处只在能够讲出去,说与不说是选择，选择是权利，但他就像是双手握满了光却站在太阳下，满口甘露却沉在了水底。有一次刻意想惊吓人，在一个研究生的笔记本电脑啪啪啪乱开各种软件，播放出音乐，声音忽大忽小，又在屏幕正撰写中的论文段落插入一些破碎的真心话，研究生很气，说买一个月就中毒，马上关机跑去维修中心。那一整天他的情绪都很不好，咖啡馆的客人也抱怨 Wi-Fi 一直断线。

女孩蹲下取塑胶刷应付起马桶来。脏水往他脚的方向流，整个气氛他不是很喜欢，把头摆回颈子上走开了。人的鬼故事里大多是鬼很恐怖，鬼的鬼故事是鬼恐怖不起来。他无心地移动，脚尖像小舌头淡淡扫过男孩的天灵盖，男孩正在跟大学同学讨论合伙改开二手古物店的事。"你们现在还好吗""救那样啰""小P会答应嘛""答应蛇么""改开店""不答应就分手哈哈""靠北""她不会跟我分""但你想分？""分了谁来洗厕所哈哈""如果不开咖啡店就不用厕所丫""对躺"。

他忽然觉得非常绝望。他不知道自己为什么已经死了还不能豁免于绝望。他想他还能去哪。

那……就去面店晃晃好了。无论如何面店有电视。

面店阿林站在门口的锅炉前，白烟团团往上扑，显得人腾云驾雾，阿林一口叹进那水蒸气里，一下子没什么原因地终于心软了。大概就是缘分到未到之事吧。看看午餐高峰过去，店里已经走空，阿林把电视又转回重播的灵异节目，盛一碗顶尖尖的白饭浇卤肉汁，一双筷子，两颗卤蛋，齐齐全全陈列在一张空桌面后，回身把炉火熄了，然后就径自去一旁趴着睡午觉了。

（2015年）

决斗吧！决斗！

周雪的背靠在骑楼梁柱上,无所谓行人都在看她。很冷漠脸上很淡的笑。不仔细看,一定以为眼睛闪亮是金边眼镜的反光。

眼前两个男人正吵得气冲斗牛山河变色,全是为了她周雪。

※

为了节省上美容院的钱,不到不像话的地步她难得整理头发,现正接近不像话中,塌塌的,像一页旧报纸杂色盖在眉上。她穿一件淡藕色老式丝衬衫,一身褶子,不新不旧要长不短的毛裤子底下一截棉袜。

为了上下班赶公车方便，早就不穿皮鞋，而是每双199路边没有人真跳楼过的大拍卖白球鞋，太旧了，她又有一气起来就在办公桌下蹭脚的坏习惯，鞋面都是龟裂，灰粗粗的。

没人为她做过什么，又好像从来不曾娇嫩过。四十之后，在男女情事上早就断念，然而是因为年纪大了才心如古井，还是因为自己老僧入定而平白拖大了年纪？她无法确定因果关系。只不过原本就尖的下巴、颧骨、暗皮肤，一年比一年严肃、单薄、阴郁。

背后同事喊周雪"国父遗嘱"。没有人喜欢，但总得挂在那里。每个人都怕她下三白的三角眼跟老资格。年轻女孩尤其怕。她对她们没有好话，聒噪，吵，妖。"庙小妖风大，池浅王八多。我们是公家机关，不是宝斗里，没必要穿红配绿地卖骚。"一次她这样说，字正腔圆，那大学刚毕业、穿一件短洋装露出雪白大腿的临时雇员哭了。虽然女孩并不知道宝斗里什么意思，总是听得出口风。话说完了，十分称心，可是一个不知哪里跑来串门子的谁，冒冒失失打圆场："周阿姨周阿姨，她年纪小，比较爱美；你资格老，看我面子，不要跟她计较。"左一句阿姨右一句老，你又有什么面子饭子好看了。周雪抬脚走开。

不过，再骂谁，从来也没有像这两个男人骂得这样凶这样久。周雪想。他们可真为了她吵得不可开交。她想到年轻时看过的美国西部电影，尘沙满天飞黄，丰胸细腰唇红齿白的，金发的，靠在酒馆门口，微笑瞅着年轻俊俏的男子为她决斗同时也无意劝解，石榴裙子是红的，倾慕者的血也是。

※

但周雪也曾经很温柔。高一她暗暗喜欢了二年级的学长，她记得他叫关擎磊，爸爸是飞官，住在民生社区的空军眷村。她每天提早到校躲在川堂边上，看他卡其制服宽肩大步走向教室。下学期时有一天，她目击关擎磊在放学后与他班上来自沪商家庭的校花并肩坐在公车上。又有一天，关擎磊辗转也不知经过几个班级几个人，带话给她。"我每天经过川堂都起一身鸡皮疙瘩，请你别站在那里了。"

以后她只好研究公布栏上的荣誉榜，或每天朝会时候远望司令台上担任司仪的他。她还知道关擎磊为了校花与附近的混混打了好几次架，闹得很大。但周雪不是很在意，她唯一反复思量的，是有人绘声绘影地说当时关擎磊是怎么样拼了命护着她,她又是怎么样梨花带雨扑在遍体鳞伤的他身上。口耳相传情节多半夸张,但周雪一次次将自己的脸孔代入那青春的躁动情节里乐此不疲。高中毕业,上海姑娘做了飞将军的儿媳,周雪终于收拾了漫无边际的内心戏,原因没什么,单纯只是因为她不知道什么是夫妻生活而已。更何况在幻想里,关擎磊已经为了她与阿兰·德龙或克拉克·盖博打过上百次群架,还有一次在野林里与亨弗莱·鲍嘉以长剑决斗。结婚就结婚吧。

可是今天,周雪真希望他们能见到今天的阵仗。大马路,热辣辣的秋老虎,为她相持不下的男人。不,不只是他们,还有办公室里的眼睛与耳语,那些爱找她当伴娘的大学同学,贫嘴贱舌的亲戚。周雪的胸微微前挺,温馨无限。她认为男人没有一个好东西,可是他们不同。周雪想,他们逼我,我该选哪一个呢?还是年轻那个比较出色吧。浓眉大眼,声音洪亮,裸露的肩膊上有热烈的阳光。

※

大学毕业之后,周雪忽然对自己的处境豁然开朗。

像大多女同学那样找到长期饭票太困难，靠谁都不如靠自己。二十几岁，已经知道现实是褪色的。别的女孩剪赫本头，画眼线，穿紧俏的喇叭裤迷你裙，只有她留住黑发（省钱），旧的胶框眼镜（还是省钱），老气横秋。她是永远的伴娘，前前后后当过好几次，实在也是，要找像她的一个人并不容易，哪个年轻女孩没有一点光亮？只有她不管穿白缎子礼服或者旗袍都没有人留心——不，其实最让周雪不满的是新娘们。真正漂亮也就无所谓了。可惜漂亮的不需要她，需要她的无非以丑制丑。借机认识对象的心渐渐死了几百次后，总算沉住气矢志准备起她的公务员考试。

可是，考上了，又怎样呢？父亲教职退休，老本加退休金，周雪的哥哥早就立业，父母不靠她吃饭，开始烦恼女儿怎么连个有可能的朋友都没有？她生闷气，搬开了，节衣缩食，跟几个会，几年后也是一层公寓。同事们当面夸她好本事，背地笑她寒酸，有楼又如何，每天还不是一个人吃晚饭、一个人盖被！都几岁了，没指望啦。

她不能当谁的面喊叫出声，说她有多么不稀罕你们的指望。但难免有自怜时候，真不敢相信自己就这样比不过人家。一个个不见得高明多少的堂表姐妹都已出阁，她们究竟有人要。可是想想，这又有什么好比的，那些死老婆的口臭的秃头出油的男人，脸贴脸的时候真的不恶心吗？

所以说，在这坐四望五的关口，有人为她卷袖子抄家伙，便也不能怪她一身横练功夫几乎弃甲了。几年来她不参加任何喜宴，原因出在局长嫡孙的汤饼筵上。当时科里凑份子合上一封红包，不去吃亏，一群人坐在门边，离主桌十万八千里，她偏偏眼睛好：坐在局长旁边的竟是关擎磊。据说他在大学里做系主任，算算也五十出头，身形剽悍依旧当年。周雪庆幸自己今早花几百块钱在美容院做了头发，身上这套墨绿洋装没怎么穿过，还有七成新，若是面对面，应该不太寒碜吧。一时想着，才又意会到他身边一团粉光，是桃红丝旗袍上起着蝶翅黄、柳枝绿、罗兰紫……这上海女人，怎么不会老？

他们一路捏着酒杯敬过来，周雪尿遁不及，众人纷纷起身，她遂拱着肩敷衍了事。关擎磊说，来来来敬大家，她忍不住抬眼，恰巧对上他夫妇眼神，两人做应酬笑。周雪心虚，觉得好险，觉得失望。之后，科里科外婚丧喜庆，尤其是婚事，她一概装聋作哑，背地里嚼说她的人不会少，周雪也不在乎。

※

当然，自己家人的喜宴不得不去，就算黑着一张脸。她哥哥晚婚，周雪原本以为他要光棍一辈子了，没想到大陆谈生意去了一趟，带回一个年轻大嫂。瘦不见骨，笑起来眼睛弯弯，皮肤白。又一个白皮肤女人！最可笑的是，前脚跨进台湾，后脚就六国贩骆驼说要帮她介绍对象。干什么呢，我又不吃你家一碗饭，我不急你急什么？要男人我自己找，我们台湾女人有个挑三拣四的脾气，不像那些买来的。

大哥有几个月正眼都不看她一眼，父亲指住她鼻子："你怎么这么刻薄！我们周家没有人这样子说话！"她说爸你要媳妇还是要女儿，这样子，全部的人反而发愣，不知该答什么，十分困惑为什么到了要媳妇还是要女儿的地步。她现在很想继续回她父亲的话：周家没有人这样子说话，又如何，我真的不稀罕。不是没有男人要我，而且我只是站在那里而已。

"干！我干恁娘机掰！"

"唛底这靠爸靠母啦！法律甘有规定未赛抢人客？咱驶计程车拢是公平竞争！"

年轻的一个，看看说不过，回头在车座下翻找什么；另一个路边吐口槟榔汁，也回去打开后车箱。淋漓的一口几乎溅在她的白球鞋上，但她不以为忤，她双手抱胸，慢慢辨认出他们口里半懂不懂的语言，眯眼欣赏他们的气急败坏。阳光很热，两人口中的"伊"，与围观的人群，周雪想起西部电影中烟视媚行的尤物，这样倚在酒馆门口，她的两个情人背对背默默倒数。啊现代人懂什么爱情，爱情就是你死他活。石榴裙子是红的，爱人的血也是。

而这两人，一个抄拐杖锁一个握扳手，怎么没有打呢？如果他们不决斗，她该怎么端庄有风韵地在牺牲者身上放一朵玫瑰？又怎么扑到故事里负伤的飞将军独子身上娇怯无力泪流满面？周雪用手指扒梳头发，抚平裤袋跟袖口的皱褶，知道自己一生再也不会像这一刻这样感动，所以也没有注意交通警察打着哈欠从路的那一头远远骑来，也没有听见路人的谈论与笑。脑中许多许多张脸，她没有空管他们是谁，只是在心里好专注好恍惚，好热望又好冷静地喊叫：

"决斗吧！决斗！"

（1999 年）

贞女如玉

她听见背后有个女孩问："请问有没有女师傅？"

女孩是城市里处处可见的那种，细长而年轻。她总是不离本行联想着城市数年来在畸零狭小建地上应运而生俗称小豪宅之套房产品，挑高，紧致收纳术，黑色水晶灯，繁复反射真空假间的璀璨镜墙。店家说："刚好都排出去了，要等耶。"周五夜间十一点半的一个小时在这样一个女孩的人生里很可能举足轻重，难免延延地踌躇起来。她想回头问女孩一句，这又何必呢？这种体力业师傅九成以上是男的。但那又何必呢。

她是熟客，他们随机指派一位师傅，没有见过的86号，前来领她。上楼时她看着86号踩在阶梯上嶙峋的后脚筋，柜台的妇人还在向女孩解释："小姐你放心，我们师傅都非常专业，完全不会有不恰当的碰触……"

※

每隔两周她固定在这所二十四小时营业的"养生会馆"消费六十分钟全身精油芳疗。当然是身心健康老少咸宜，大厅透亮不夜，服务人员身着浅色唐衫制服端上热茶，每房均以细竹与窗纱隔出三榻声息相闻的南国密室。客满，她被带进最里间，安排在最后一床，86号拉上屏帘，悄声说："请先换衣服。"她脱下衬衫背心西装裤贴身衣物，全都汗湿了，堆在一角像夏夜喘息的巨大哺乳类，身体反而又凉又硬，练举重时留下的肌肉如同她的青春时代被埋在身体底部，只是在上面一层一层实心蛋糕抹奶油那样堆叠了脂质。

她换上给客人准备的开襟软衫与短裤，有烘干机刷白的热石板气味，拉开屏帘，低迷光圈里86号斜斜掩出的脸，是很时新清俊的少年长相，一双狐狸眼睛，削肩与薄嘴唇，短头发直直往上抓，细长而年轻。

"小姐今天哪里需要加强？"白浴巾腾一下张覆在她趴伏的背上。

"肩膀跟背。很酸。"她忽然想起第一次来，那名双眼昏花但手里有劲的17号老师傅,问:"先生,待会儿想喝薰衣草茶还是薄荷茶?"

※

她粗短。脖子两腿、十指头发、嘴唇鼻梁。命理上看倒是不错的,几次算命都批她"少小辛勤、愈老愈发"。可惜天底下又不是人人识相。同事间传闻她是女同性恋,她听说后有一种乱世存身的安全感,其实就是种庆幸,觉得较能抬头做人。只要听上去不是谁不要她而是她不要谁。

刚入行那几年发生过多次年轻女房仲在空屋里遭伪客劫财劫色之案件,此后众人便有了尽量不让女同事独自带看之默契。除她之外。也不是特别点名被排除了,只是从墙上取下钥匙时没人多问一句:"你一个人可以吗?"或许那些文瘦的男同事在她骑上机车离开后不免说笑什么。反正她没听见。何况只在背后说已是男性团体善意退让的极致,她都觉得应该感谢人家了。

当然世上没什么退让是平白无故。这社区式小型房仲公司老板是她父亲的一个老兄弟,她直呼"伯"

而不是姓。体院毕业，抱着几面小赛事里的小奖牌茫然。"就去吧，"她妈说，"不然你想干吗？你还能干吗？"

确实一直是因为"实在不能干吗"才走了这或那条路。中学时所有学科教师都看不上她，只有体育老师兼举重队教练对她赞不绝口，那体育老师对人体有种执迷，所有体育老师都对人体执迷，有的是审美式的，有的是功能式的。他是功能式的，许多次夸她"可造之材"。他说："跟钢筋水泥盖的一样，地震都震不垮！魏亮亮这样的就不行。"魏亮亮是个细长晶莹的少女，"台风一吹就哗啦啦倒了。"女孩魏亮亮无表情无喜恶看她一眼又把脸别开。他全无谐谑之意，但她从此恨那教练。虽然他是唯一毫不保留欣赏她的男性，而且说起来还有提携之恩，如果她在奥运得牌他必定会被媒体围着说上几句："……如玉喔，如玉这个孩子，从以前就是很肯苦练……"

她肯苦练，苦练不肯成全她，一路上去八方四面都是能人，很快被稀释了，最后去卖房子。"她看起来忠厚老实。"一个富太太签约时向众人这样夸她。几个人在隔间后面哧哧笑，从没听过拿"忠厚老实"形容女人的。

※

"力道可以吗？" 86 号说。

"可以。"

86 号拿两拇指把她后脖根一匝硬肉磨开。年轻的肢端饱满温热，贴紧她的身体，声音青青地：“小姐是第一次来吗？”

"我常来。"她说，"你是新来的吧。没见过你。"

"对啊，上个月才来上班。"

"你好像很年轻。你几岁？"

"我喔，"双手韧韧向上推，"二十三啦。"——按入耳背腮后底下那块凹槽。她吐一口气。知道拿对了，86 号指腹旋转加力顶出，她几乎挨不住要喊。没喊。

倒是隔壁那张榻上的男人嗯嗯闷叫了几声。

"酸哦？"隔壁的师傅问。

"爽啦。"男人答。

※

大概是伯去对岸炒楼之后她成了主任，一个专业投资客转到她手上，大户，中年未婚马脸男，一次办完过户对她说:"累死了,走,去按摩。"非荤非素一句她弄不清楚,难道是调笑?都惊慌起来。谁知道就是所谓的SPA而已,很大方的。她倒舒一口气。一脚踏空。

其实马脸男哪里需要"松一下"。马脸男有钱,更重要的是有房子。那是在一般人都还不知何谓"投资客"的时候,他就跟伯夹着市区精华地段几个边边拐拐的老社区做起来了。伯有本事帮他找来极破旧低价鬼屋似的烂芭乐;他有本事死角做活,一间四十坪不到的房子隔出起码五笼,装潢亮晶晶,小浴室里还有按摩式莲蓬头。"饭店式套房,一卡皮箱就能入住",一笼若无九千一万租金不办,供不应求。马脸男手里几套这样的房子。

某次她接上一个过路客,百货公司专柜小姐,二十七八岁,也谈不上什么美,就是水果相,刚离枝剥了皮紧绷一层水膜的荔枝。带她看马脸男一处地方,十分中意,却没下文,还是某次他自己说溜嘴:近于免费让荔枝住着一间,她看过,有扇对着行道树的长窗,还签了正经八百的约:月租一千,包水包电包网路第四台,期满照样重立合约或者搬家。她好奇心起,问下去,才知道马脸男江湖混成了马精:"小姐,你有没有男朋友？没有哦？奇怪，这么可爱怎么会没有男朋友？（马脸男告诉她：不要讲漂亮，讲漂亮听起来就很色；说可爱，好像称赞小妹妹一样，女生就很喜欢。）不然这样啦，房租喔，房租我算你一千就好（伸出一根食指），包水包电包网路第四台，那我有时候晚上会来这里看你。"

马脸男说："怕？干吗要怕？我什么都没说，要就要不要拉倒。会来看我这种房子的都是上班族啦，良家妇女，不敢怎样，顶多骂两句走掉，走了就走了，反正谁也不认识谁。"马脸男回味，愈说愈深："信不信？之前有个大学刚毕业上台北的小女生，我都没想到还是在室的。让她免钱住了两年半，就是延吉街巷子里那一间，你知道那边吧，后来那边几乎都交给她管。"

"那她现在呢？"

"结婚了，"他侧手挡风，皱眉把烟头吸亮，"包了八千块红包。"

※

练举重时也按摩，但她不算个咖，通常就是跟也不算个咖的女同学在练习后互相按压伸展。那都是不讲身体的，讲的是斜方肌三角肌、小圆肌大圆肌。马脸男第一次带她来，问都不问就帮她安排了一个17号。"这个是老师傅，很厉害。"她没办法抗辩，怎么敢说自己不习惯让男人全身上下碰身体？她几乎可以想象在场所有人（包括马脸男）肚子里的同一句台词："谁想骚扰你。"但他们会骚扰魏亮亮，学校后巷子那个变态特别爱对魏亮亮脱裤子；或是公司的女同事，女同事在外面跑，被有恃无恐的大户搓手捏大腿，她在边上听她们抱怨，有次其中的谁还哭了，因为对方直接把手掌穿进她窄裙下紧贴的双腿隙间；于是伯就要她有时陪着她们出去，让对方也还敢摸，但也别一路摸上去或摸下去。

17号，老师傅，专业，话很少，她穿衬衫背心西装裤，以为她是男的。她出声回答："喝薄荷茶好了。"才发现称呼错了，老师傅是捏遍生张熟魏的人，知道再说什么都多余，没搭话，下手很周到。一个小时让她整个人固体弥漫成气体，升华了。

她没想过活了三十六年会被一个干柴似的老头这样。特别可耻的是人家完全堂堂正正，一点不对也没有，中间还隔了一层白色大浴巾。此后也只好一直光顾了。她不指名特定的谁，按得好不好当然有差，但对她而言没差，其实就是付钱买各种不一样的男人在她身上光明正大摸一个小时，这一点她尽量不去想。

也不那么直白就指名男师傅，所以有时，很偶尔也会碰上女子，大家便都静静的。然后她会睡一个不着边际、松软的短觉，醒来之后嘴唇干干的，舌根很苦。

86号鼓起指节，又轻又着力地揉搓她的脚心。

※

做这一行，也并非走不出去，放眼看去哪个不是领带套装空调电脑办公桌，但不知怎么总是欠体面。马脸男一场推心置腹后她更觉得"中介"两字有皮条气。广告当然都温馨，不是买卖是为你找一个家，其实无非哄左拉右，上下其手，西晒是采光一流，窄巷是闹中取静，违法加盖外推防火巷是使用空间大，对客户要既热情又势利。许多人以为业务做在话术上，光会满嘴跑舌头，错了，像她处处欠一点，也不是不会讲话，也不是天花乱坠，反而不知怎么有种实木似的可信成色，可信就值钱了。

只有她家里的人不信。那时她说要搬出去。

"你要搬出去？搬去哪儿？"这是她爸。

"我买了房子。"

"你买了房子？你哪来的钱买房子？"这还是她爸。

"对啊，你哪来的钱买房子？"这是她离婚的大哥。

她一下子不知道从何解释自己哪来的钱买房子，一个人，在房屋公司干了近十年，升了小主管，然后买了自己的房子，很奇怪吗？男人们讨论一阵子景气、房价、市场、贷款、头期款，结论是："怎么可能？"

她爸转过头："你不要骗人哦，你真的买了房子？不会是交男朋——"

"怎么可能。"这是她妈。对丈夫闻一知十，总结了她爸吞吞吐吐的下半截话。"人家大小姐翅膀硬了啦，说走就走，了然哦。"

她很平淡："搬好之后你们可以来看看。"

多年前，还没满十六岁吧，她曾与她妈起一场口角，当时她父兄都不在场。不过是灰尘一样的细故，最后她妈讲："不满意你可以搬出去啊，不要住在我的家里。你有种搬出去啊。"

她反复地说："好啊搬就搬，搬就搬啊。"

"不要光说不练哦，你以为搬出去那么容易哦？你有本事吗？"

"我——"这样说，她自己也吓一跳，"说不定会有老男人包养我。你怎么知道。"

她妈翘起腿，那双腿跟她的很像，叠起来，膝盖内侧推出一窝肉。"你以为咧！你长这样，哪个男人会包养你？笑死人了。"

无论如何她母亲也都不是美人，但是无论如何结婚了，养着两个也不是自愿就被生下来的孩子，有资格对她说"不要住在我的家里"；她要离开，也有资格对她说"说走就走，了然哦"。她一败涂地。日后，很多年后，她才隐约懂，那说起来恶意刻画与伤害的成分当然也有，但主要也不是那些，而是女人与女人的势利，女人与女人的势利六亲不认。她父母，小市民，两个人同在一所中学里办了一辈子庶务，除了儿女一生中没有机会优越谁。她不声不响买房子这样物质的小胜利非常不孝。

结论是"还是她聪明"。"像我们这样傻傻结婚生子养儿育女就是笨。有什么用，生孩子最没用。"她母亲说。她不讲话。她父亲没讲话。她大哥喷一声，抓起遥控器转到八点档乡土剧，一阵喧哗，电视里的情妇上去就扇妻子一耳光。

※

86号挪来小凳坐在她趴伏的头面前，印堂眉骨额角，照路按捺上去，太阳顶心枕骨。有一小晕一小晕呼气如小云落在她后脑与颈项的界线，她的短发有韵律地往他衫子前襟上刺着，衫子带樟树与香茅油的味道。他十分安静，一直没有什么言语，但十根手指每一使力都像对她的脑袋送出一句好话，非常有说服力。她无法判断是不是太近了。靠太近了。没有关系。

※

搬入新家之初，事事不齐，而马脸男手上恰有一套出租公寓需要便宜设置，他提议顺道载她一起去市区的IKEA。她坐在那车子前座，很一般的，也经常这样同去看物件找代书或者签约，但今天她忽然不知该讲什么，这样子算公还是私呢，她觉得他看起来异样，又说不上来。

后来才发现原来是他剪了头发。当时他们站在一间样品卧室里，真的水紫棉质床罩、真的木色抽屉柜、真的读书椅、真的投射灯与真的床头几，每一样真加起来都是假的，可是，所有假加起来却又那么真。她从一道窄窄镜面看见自己与马脸男，他正随手拿起一只莫名其妙的金属大碗，两人的反射框在镜子里，像一帧家常摄影，她想多看一眼，然而他已经转身去了，她站在那儿只看见别人在她的画面里走进走出。

卖场动线曲折，她流连太慢，马脸男不耐烦，要她在收银台跟他会合。最后她的推车里装满零碎的蜡烛、干燥花、碗盘、餐垫，包括那个莫名其妙的金属大碗，还订了一组沙发。原先不过只想看看而已，也不知道为什么弄假成真。

马脸男拎几张海报与盆栽，站在出口轻轻巧巧吃一根霜淇淋。"买了多少钱？""快两万吧。""哇，你一个人住需要那么多东西啊，那发票借我一下。""干吗？""满额才能免费停车啊，我这一点不够。"把发票从她手中抽走。他是也要赚人情，也要赚那两百块钱的。

车在她家楼边停下，两大袋她自己一手一边提上去，男子已经掉头往另一边开走。她其实一直想问他今天怎么剪了头发，最后没有问，因为他一路不断捏着手机，边讲边嘻嘻笑，叫对方等他，他在路上就要到了。

最后她自己在屋外呆立一阵，然后伸手按门铃。她保持十分警醒，没有幻想这样就会冒出个人走来应门一边接过她手中的什物，就只是一遍一遍按门铃。

最后她把东西扔在门口决定去按摩。

※

"哔哔哔哔。哔哔哔哔。哔哔——"86号把计时器按掉，他们还有五分钟。

"来，我们伸展一下。"他将她软软扶起身，自己跪坐上榻，两臂从后穿过她胁下，双掌反扣肩骨，跪住的膝头恰好抵住她腰臀之际一处凹陷，"放松，放松。"他提醒，"往后靠没关系，你不要紧张，放松。"

她后脊与他薄骨骨的前胸密贴着，身体往后扯成一张反弓，并不怎么痛，只是让她无可控制小声地断续喘着。"对啊，要叫才能把整个气顺出去，不要憋。以前都没有拉过吗？"她喷出一口气，摇摇头，背后的声音湿答答地贴人耳壳："像普通我们最难拉开的地方，一个就是这个下背，一个就是大腿内侧那条筋。等一下要不要也拉一下大腿？我看你下半身肌肉也很紧绷。"

她想他可能会将手探入她的腿间。她想当然他一定会，当然一定是很谨慎专业的。

她忽然使力挣开身体："拉什么大腿，你想吃我豆腐啊拉什么大腿。"

整间房里躺着站着的人都安静地吃了一惊，不是因为她贸然发难，而是她几乎发光的口吻与说话内容太扞格，口条顺遂，好像打过草稿："女人大腿随便摸的吗？你有没有搞错，你想干吗，拉什么大腿，我要告你性骚扰，你知不知道？啊？你知不知道？性骚扰，我是规规矩矩的女人，是守身如玉，有没有搞错，我爸妈给我取名字是有意义的，你懂不懂？什么大腿，我要告你性骚扰。"

"小姐你冷静一点，小姐。"穿套装的女经理赶来了，紧紧执住她手，"小姐，你误会了，师傅没有那个意思——""什么叫没有那个意思，这里以前没有人在拉什么大腿——""小姐真的，师傅是新来的，没有那个意思。小姐你不要生气，师傅也是女生，你误会了，她外型比较中性，你误会了……"

他们请她到办公室坐着，送上茶，郑重跟她道歉，甚至让86号拿出粉红色的身份证，照片上的86号十七八岁，留着亮泽的学生头，非常秀丽。

女经理亲自送她到门口："小姐，真的不好意思，让你误会。"又说要帮她叫车，她说不必了。柜台的妇人奇怪地看她们一眼。一小时前那女孩还在，等在沙发上叠着长腿百无聊赖地翻八卦杂志，高跟鱼口鞋尖恰露出两枚圆圆亮亮的轻金色趾甲。她想，绝对是个小贱人、破麻、臭婊子，摆什么样子，装什么贞节烈女，一定是被男人干过的烂货，还挑女师傅，你以为女师傅就没问题？照样毛手毛脚，我是懒得跟这些人计较。她一路在心里骂回家，上楼，忽然想起扔在门口那两袋东西，当然已经没有了。她想一定是屋里有人了。她想一定是屋里的人帮她收进去了。她伸手按门铃，拍门。她再按门铃，再拍门。她说快点开门，是我，我回来了，我尿好急，快点开门。

（2010年）

第三者

到纽约的第七个月,他实在太寂寞了。

太寂寞了。寂寞到他能听见全世界的声音:地铁里体貌丰满的两个女侍诟谇着房东与她们的男人;买咖啡时排在他后面的丈夫保证自己会在八点以前回家晚餐……他日日无表情地张起耳壳,与百般繁弦急管的讯息错身而过,自知与它们一些关系也没有。

太寂寞了。寂寞到她决定搬进他家时,他没有说不。其实他没有忘记自己离开故乡之岛时是如何抱着另一个她说,请好好等我;其实他没有忘记自己来到此间只为两年海外派任,当下的肉身仅是镜中花水中月,元神尚在海的另一端。

他只是无法对她说不。而她只是眼瞳如钻,发肤如缎。

　　她无论如何都在家里等他,他再不需惧怕打开门后那门里什么也没有。后来冬天到了,在雪里覆了灯光与车声的夜晚,他们一起晚餐。在同一张床上,她有时态度反复,忽轻忽重或不顾轻重地咬他,不清楚是爱是怨;有时又伏在他怀里安眠,如欢喜的幼兽,两个身体都好温暖。春天第一个放晴日,他带她去中央公园看一棵树,告诉她那树让他想起家乡。

　　后来两年就这样过了,但他无法对她说再见。不仅因为她在这个灯火通明的城市里再也没有别人,也因为此时他已觉得舍弃她比舍弃自己更可哀。他为她买机票、办手续、送文件,他要带她回家。

※

　　他真不愿再回想她们相见时的混乱。那好好等着的她确实好好等了,却等来一个分享者——或掠夺者。那占断他宝爱两年的骄纵分子到了湿热陌生的南岛,发现自己不是第一更不是唯一。她们日日吵嘴打架,将对方的眼角抓破,等他回家后轮番告状。他不是不烦,但他真的不想再寂寞了。

然而像许多幼稚的故事一样,他们也有个戏剧化的皆大欢喜的结尾。有一天他下班开门,见她们就这样无预兆地在沙发上相依甜睡,像纽约常常无预兆的大雪。他伸手轻触她们的颊腮,她们醒了,各自的大圆眼睛里都没有他的影像。

她们自此协议了他才是第三者。他每每爱蹑脚探看,但不论她们正在玩耍嬉闹或只是在对坐发呆,都能及时发现他的窥视并停止一切动作。晚上他睡在床上,而她们在另一个房间里时,他就一定要想到以心疾过身的妻,曾经一次一次半真半假地与他的猫争宠,他从来也没有当真过。

他摸黑起身到书房,看见她们抱着睡在妻的驼色绒布贵妃榻上,尾巴蜷在彼此身畔。

原来当年妻确实是嫉妒的。他想。

两猫被人影惊醒,互望一眼,嗒嗒两声八只小掌落地,一起跑开了。他一个人站在房间中央,在暗地里呼吸自己的呼吸。

他猜这两只猫此后的梦里大约再也没有他了。

他亦总梦不见妻,妻的梦里大约也没有他了。

(2004 年)

试菜

试菜的时候，总得把一桌子点得圆圆的。虽然只有他和妻两个人。

妻坚持要神农尝百草才试得出餐厅手艺是否缺一角。一桌子，像这样摆上来花团锦簇。他很想取笑她："可是，为什么都是老大爱吃的鸡肉呢？为什么没有我最喜欢的糖醋排骨或八宝香酥鸭呢？为什么也没有你喜欢的凤梨虾球呢？就算都不用管我们两个老的好了，怎么也不考虑一下人家新娘子喜欢吃什么呢？哎哟，糟糕了，你要变成恶婆婆了。"他想，这只是轻轻一扎吧。但妻会不会就此像水泡破了呢。

所以没有说。婚宴上向来有一味清蒸石斑，不知为何总挑酒败食残宾主松垮时候端上来。所以今天他们也当然要了一尾。妻说，只为了试试水产鲜活、灶头手艺的话，鲈鱼就行了。鲈鱼丰肌细骨，他把话里的刺吞下去，帮妻把鱼里的刺撇出来。

"咦，鱼还不错，没有土味。葱油也爆得透，这个倒是不容易。"妻说。于是回过头，点点手招呼来女领班，场地能开几桌，席面共分几等，酒水果汁价钱，摆花不摆花，甜品水果算是外敬？这么好，有什么呢，有没有甜汤？我们不要那种面皮死厚里面包一小坨凤梨酱的什么元宝酥哦，我大儿子是面包师傅，我知道那个最便宜最没有意思。

他在一旁耐心把整条鱼挑剔开来。一条大尾鱼，几口白净肉，铁盘底下酒精灯火仍吁吁烧热，只是直到剩下一捻青焰时她也没再提筷子。

一桌子菜，当然吃不完。中年女领班说，哎呀老板娘，不然你今天下个订吧，今天下个订，这桌就给你打在酒席的折扣里了，八折。老板娘你不早说是来试菜，我们师傅几个拿手菜都没有给你推荐到耶。要不要打包呢？我帮你们打包吧，否则都可惜了。今天下个订吧？

"再想想,我们再想想。"他说,"菜太多了。牛小排打包,盐焗鸡和干烧乌参也包吧。"

妻开始着力擦嘴,唇线沿细瘦法令纹一下扯歪一下很快往上弹。她微笑:"就是要平平常常点几个菜才尝得出好坏啊,告诉你们就不灵了。给我一张你们餐厅婚宴专案的单子吧,有没有?我带回去参考参考。"

※

妻忽然对试菜这件事感兴趣起来,大概是两人吃过几次喜酒的缘故。那都是十分十分的日常事,除了当时上了多少礼金之外其余他根本记不得了。这样的年纪这样的中产夫妻,谁没有几个三亲四戚的孩子谈婚嫁呢。但也或许,正是因为那些宴会实在没有什么不同的缘故。都是那些跟别人"也没有不同"的什么,最去挑人心里一条筋。

同样做阔绰貌的套餐或大碟子菜,做阔绰貌的主婚贤达,做阔绰貌的攒灯舞台,红吱吱岳母,金闪闪婆家,做阔绰貌的新娘都穿租来的白婚纱。那些婚纱,扮过胖新娘瘦新娘,放一尺收两寸,比谁的徒劳都疲劳,还是得做阔绰貌。又是做阔绰貌地一顿饭换三五套不同花彩礼服。

那一回妻的表姐娶媳妇，散席时候，开段长车回家，路面轻雨溶溶，被车灯化开。妻兴致忽然好，在驾驶座上说笑，说，表姐未免太认真了，新娘有化妆师，她也要，人家化新娘妆，她化什么妆嘛，婆婆妆有什么好化啊。表姐说她一辈子就今天穿一整天束腹，做小姐都没这么费工，又热又皮痒，她说晚上回家第一件事，就是把旗袍扒掉，死抓，抓破肚皮才算数。我说叫你节食三个月，减肥菜单都帮你写好，专业营养师量身定做一份减肥菜单，很贵咧，你不稀罕，还不吃。她说，好啦知道你最瘦啦，还嫌我胖？你看我媳妇，快看，比我还胖，还穿露背婚纱，我儿子说就喜欢她胖，跟妈妈很像，我就骂他恋母，是电视说的妈宝。我跟表姐两个讲到笑死了。

妻说："听说有几家餐厅菜很不错，我们没事去吃吃看，当作试菜。反正总是要吃饭。将来给孩子办喜事，心里有个底。"

妻说："表姐说，价钱和菜色过得去的场地，老早就满了。像今天这样一个餐厅，也没什么，至少要半年前订席。太离谱了。"

妻又说："我想请客还是菜好第一。结婚这种事，除了当事人跟双方爸妈,喔,还有情敌,以外,谁关心啊。大家来就是吃一顿,闹闹酒,那当然给人家吃好一点,回去背后至少不会嫌东嫌西。"

他说:"背后要嫌什么都有的嫌,你们不是都嫌小武的新娘子胖。试菜有道理,但老二太年轻了吧。他到底有没有女朋友啊?"

"老大都三十好几了,哪里年轻了?"

"老大啊……"他看她一眼。

"当然是老大。喂,这里转弯,你要开去哪?"

"噢。"

他不明白自己当时为何对妻子的意见没有特别反应。或许因为两个人,反正总是要吃饭吧。

※

冰箱里仍有上周打包剩下的鸡汤。乃是日日于半人高大瓮内投数十只全鸡整扎火腿全粒干贝熬成老火汤底。蛋白质的密度几乎可以自行下蛋。嘌呤极高,一锅情况胶着,他以为妻会反对。

妻只是说:"你看你看,这汤的表面一接触空气,马上起一层皮。"他想回答:"这就叫鸡母皮。"又觉得自己未免无聊。

他将那小牛排盐焗鸡与海参进冷藏室。丢掉鸡汤。照例这些最后也都不会吃的，可是他仍要尽些努力。

对于自己其实也很喜欢与妻去试菜这件事他有点纵火的罪恶感。暮年夫妇相偕外食，这种人间灯花小事，营养师的妻从前是期期以为不可的。他们多年吃得像医院，烫地瓜叶拌盐，洋葱山药炒鸡丁，杂色五谷饭，蛋花汤。他是可以，但他记得大儿子中学前只给吃过一次肯德基炸鸡，整桶，由奢入俭难，第二顿见到桌上水煮了红的红萝卜，绿的绿花菜，黄的黄彩椒，老大哇一下马上闹起来，要吃炸鸡，吃炸鸡，吃炸鸡，妻挺着怀老二的肚子充耳不闻，真的饿他两顿。也因此，幸或不幸，他与妻到现在坐五望六都是一步一脚印好健康，虽然他终究秃了头，但妻的体态确是三百六十五天如一株猫柳枝，他有时在床沿抱 iPad 读新闻等她着装一起出门，才忽然发现妻竟从不多对镜子看几眼。他有点诧异，他觉得如果自己是这样一个女人，会多多注意自己吧。

所以真不知道她何时练出品鉴食物这副衷肠。有时他差点要开玩笑，以为这是个不错的双关语："喂，你这么懂，什么时候在外面偷吃了？"可是光这样想一想，自己都再度看轻自己，真是无聊，无聊的半老男子。还秃头。

有一次他一边嘴里嚼一块妻说硼砂泡过头太脆的锅巴虾仁，一边想着这句不很俏皮的俏皮话，妻忽然说一句，仿佛暗中对话："你说，夫妻像我们这样子，也算不容易吧。"

"是啊。"

他不深究妻子口中不容易的意思。谁的容易都是退让，谁的不容易也都是退让，只有他们的容易或不容易是谁都没怎么退让，几十年日子，也就成了。妻一生除了吃，从来不任性，他自己一生，连吃都不任性。愈是太平盛世，做人的心眼子愈是有九弯十八拐的难关，他想想，两人能好，恐怕是刚好凑上了彼此的曲折吧，实在是戏剧化的几率，骆驼针眼盲龟浮木的几率，可是，也不过就是这样而已。亲友偶尔相笑他们是模范生，真会有晚辈勤勤恳恳问他"经营婚姻的秘诀"。他有点发坏，想是不是应该这样说，说我们不过是没有更好地方愿意收留的两个人，一生又懒得高枝攀花——啊对了，所以秘诀就是懒，你记得，懒一点就没事了。

但谁叫他一生不任性。下属请他主婚，他总是笑着对眼花花的说要务实，对硬邦邦的说要浪漫，劝刀子嘴的口头甜，劝豆腐心的心水清。即使有一个最尴尬场合，一个桌与桌间不断有人传话，说女方原是许多次将男方丢弃的保险套拾起，偷偷将精液抹入体内，终于逼孕成婚的场合，当司仪喊声"长官是知名的幸福婚姻的过来人，我们请他给新人说几句话"的时候，他也能对着气色比芦笋还青的男方家庭，做阔绰貌，文雅地说："我觉得，不管怎么说，人就是缘分吧，其实，我也没有什么心得给两位新人，不过，新郎在我们的单位里，是位非常力争上游的年轻人，我相信他的婚姻也会力争上游。"他望着舞台上大肚的短发新娘，新娘下个月临盆，脸上已很黄肿，乳与腹贴着男人的手臂，扬眉斜眼，他不是没有见过世面，但真的未曾见如此饱足而破败的人身。"爱你所选，选你所爱，我们衷心祝福他——他们。我们衷心祝福他们。"

※

妻开始把考察过的婚宴餐厅传单或菜谱收在家里的旧相簿里。周六下午他看到妻把一叠花纸像成绩单分成三堆，不用问他就知道那是很好、普通和不好。

不好的丢掉，普通的一叠装牛皮纸袋，最好的夹在他们家庭照片册页间。两个孩子三五岁的小脸旁凑和着东坡肉，他少年时去海边堆沙撅起臀上立了一盘活龙虾。

"为什么不拿一本剪报本呢？那种一页一页是透明塑胶套子的，中间有一张纸，两面都可以用。"他想起公司里小朋友们每到中午端出这样一本，里面小店搜罗万象，像流水席一样轮着叫进办公室里。都是汤面水饺烩饭便当，油浮于水，味精多过盐，但年轻人围一桌就像满汉全席。他有一次眼馋，让秘书帮他叫了碗酸辣汤饺吃掉，不消化，委顿终日。

妻耸耸肩："不想要。"

他不是很喜欢妻子这口吻，太冷静，妻的冷静有两种，这是冷多于静那一种。他望着妻背后，忽然发现她发胖。她的内衣钢圈让躯干中段上下流出一圈薄脂肪。他感觉眼前生动，忍不住伸手摸一下。妻唉一声笑："唉，很痒。你干吗？"他说："明知故问。"

他们的性还是一样没有问题。他冲澡时忽然想，难道妻说的"不容易"指的竟是这个。那就真的不太容易了。当然也不是说生机多么旺盛啦……可是，两人到现在还有韵律地喜欢着对方身体，是有点离奇。

他年轻时一直以为这时身体的事早该过去了。水很热，他想睡一下，他想和妻说好不好今天就别出去吃了，你看我刚刚一量体重居然也胖了，我已经没什么头发了，再有个肚子，能看吗。他裹着浴巾前脚干后脚湿走出浴室，想着跟妻说好不好剩菜热一热吧，我们这几个礼拜，点的比吃的多，丢的也比吃的多，你想想有多少大卡的营养肥在垃圾车上。适可而止吧。

可是妻在客厅，早就端正了衣裳。是象牙白七分裤与小鸭黄的Polo衫。妻没抬头，也不开灯，就着窗外青黄不接天光，手里啪搭啪嗒一抽一抽翻着那相本，由前往后，由后往前，由前往后。他看见，心里一咕嘟，就脱口而出："喂，不是说晚上要去试哪个饭店的菜吗？可以走了吗？""好，走。"妻蹦蹬一下起身，踩鞋就要出门。

"等一下等一下，"他喊，扯住身上浴巾，"开什么门，快点关上，我衣服还没穿啦！"

※

一周两餐，一周三餐，一周五餐。一桌菜，团团圆圆，旦旦而食，他真不行了，这样子吃法。

什么去处都有。他知道这是个吃城，还真不知道有那么多地方三头六臂七十二变化整治这些山海经。他分心了，他开始注意周围食客，在脑中使弄神经兮兮的警句。十年修得同船渡，不知你我是几年才修得一锅吃？你们为何而吃？丧钟为你而吃。这句不合逻辑的怪话头冒出来，他觉得太不吉利，赶快喝眼前一盅佛跳墙，有佛有保庇。那是一个中午，他们在城市耸起极高楼尺处对坐两份套餐，四面环窗，城市在眼底躺着，灰灰起烟如卧病多咳，这里是本城知名的喜事场景，妻非常中意，往外看看，说："下午好像会下雨。下下也好，洗一洗空气比较干净，你看 view 真好。我们请晚上，夜景一定更好。"他想这城市就算下盐酸也洗不干净。还有现在如果失火或地震就死定了。

妻子还往许多街巷边角的老店小馆子去。他终于有了说法："可是喜酒怎么会在这种地方请呢，你也不想在这里吧，试了也是白搭。我们不能这样吃了，真的不健康，你明明知道我们这年纪一吃就长肉的。"他捏捏自己的腰："你看看！"摸摸妻子下巴："你看看！"这次不是调笑，妻子生过两胎也没变的身材，短短时间已显得紧迫盯人。"我都不敢去量血压血糖胆固醇了。"

"我想小店也有小店的做法。如果厨子手艺好，就把人请来，租个户外场地做外烩，像国外那样，自助餐，亲朋好友随便吃随便聊，"妻口气晶亮，"这也是个做法是吧，气氛不是比乱哄哄的大桌菜好很多吗？"

至此，他知道妻子终于是完全双脚不沾实心土了。他看妻子与那老跑堂讲论福州菜式的长短，腹内积滞不解。妻子要了海鲜米粉、红烧羊肉、凤尾明虾、九孔排骨、红蟳油饭、红糟羊、乌鱼子、瓜枣、黄螺、光饼、炸鳗。老跑堂连连不以为然："太多了，太太，真的太多了，两个人四只菜就已经吃不完了，你这样点，十二个人都吃到走不动了。"又连连向他使眼色，意思是你们不节制节制吗，你们是来吃饭还是来吓人的啊。

"没关系，我们没来过，就想都尝一尝。"他轻轻一抬手，"吃不完的，我们打包。"

可是他决定，今天起，再也不丢冰箱里的剩菜了，他知道妻从来当作没看见那些剩菜的。他决定就这样子，是个好主意。冰箱总有满出来的一天吧，总会塞到塞不下吧。不在外头吃饭的时候，妻仍出门采买，煮燕麦粥，白切肉，生菜沙拉，清蒸南瓜。当夜半妻偶尔起身，穿上拖鞋一路不开灯走进厨房打开她说永远看起来非常干净的不锈钢双门冰箱,拉出一盒黄瓜条站在冷藏室灯下嚼的时候,妻终于会发现,他们不能再吃了吧。然后会转脸向他醒醒问几句:"剩菜放超过一天就很不卫生耶。都清掉吧。怎么这么多剩菜呀?我们两个人哪里吃得了这么多东西?我买的新鲜东西都没地方放了。"他会说:"没关系,你先睡,我来清吧,我顺便把冰箱里洗一洗。"

※

好几个月才忽然从学校回家一次的老二皱眉头:"爸,怎么搞的。"老二啪一声关上冰箱门,气味已经非常不行。"家里还好吗?"

他说还好。他觉得对老二很抱歉。丰饶可欲的动植物们当时都死了,被移动到车辆与箱笼,大盘中盘小盘街市食肆,许多十指、许多刀砧、许多爆裂翻滚与沸烧,许多色声香味触法,许多柴米油盐酱醋茶。现在都在他家的冰箱里。

"冰箱这么多都是什么啊,看起来都放太久了耶,要不要整理一下啊,妈最受不了这样子吧,她怎么能忍耐。"老二最后只在滤水器接杯冷水喝下,喝完,无意识抓抓脸,"真的没事吗?"他摇摇头。这对兄弟差八岁,大的宁静小的轻快,从小就凡事不像,谁知现在小的一举一动,竟和大的二十几岁时候一模一样。他看了,心里喜欢,也不免有点儿慌。

"你吃过饭没有?晚上,"他犹豫着,"晚上我跟你妈出去吃饭,你不出门吧?我们会打包回来。最近我常和你妈两个人出去吃饭。"

"是喔。"老二倒在沙发上弄他的手机,他听到自己的 iPad 在房间里叮咚一响,应该是孩子在脸书上打了一个"我家"的卡吧。"只有你们两个喔?那我也要去。你很夸张耶,我难得回来,你们居然两人世界出门吃饭不邀请我,还叫我吃你们打包回来的剩菜!还是今天是你们什么纪念日,是的话我就算了。"

"也不是……不是啦,不是要给你吃剩菜啦……不知道怎么讲哎。"他是真的不知道怎么跟老二讲。也不知道现在怎么跟妻讲。只好一直吃吧。

十年前他告诉妻,奔去妻的医院,把她从营养室叫出来,让她坐在走廊长椅。"老大出事了。"他压住她肩膀,当时他以为自己控制得非常好,几天后强押妻入浴室剥掉衣裤帮她洗澡,才发现她双胛都是冒紫血点的青指印。"你不要动,不要动。你现在回家照顾老二，我会处理。你不要动。情况还不是很清楚。"

他多希望这大儿子是个绝顶聪明人，那种七窍玲珑心整天滴溜溜在针尖上落着血珠子打转的孩子。这样，他想，这样的话，也算有个说法。可是他这老大，只是最一般每科考 65 分到 70 分的男孩，读书一直不太行，温柔迟慢，在点心房里当着二手的一个最像海绵蛋糕的孩子啊。他为妻感到不公平。亡者只死去一次，为什么她这么倒霉要被通知两次。他都记得，那时有人告诉他们，说，大殓之际，父母得拿一根拐棍狠打老大的棺材。妻说，我不要，我不怪我的孩子，我为什么要打他？对啊，他自杀是很不孝，连原因也不说，他真的是不要我这个妈妈了，他不要妈妈了，可是我还是不怪他，我不打他。

"咦，到家啦。"老二和他叽叽咕咕。午睡的妻醒了，"刚好，去洗洗澡，晚上跟我和你爸爸去试菜。"

"试菜？什么东西。"

"吃吃看哪里有好餐厅好饭店啊。你哥都几岁了，哪天万一忽然冒出一句说，妈，我要结婚，要请几桌，我掐指一算就知道订什么地方最好，今天我们要去那个上个月才开幕的五星级饭店哦。"

"这样喔。好啊，那我去洗个澡。"他招招手，"爸，来房间一下。"

他听见妻在客厅打开电视。新闻播报声音,连续剧声音,流行歌曲声音,新闻播报声音,新闻播报声音,西洋电影声音,西洋电影声音,中文电影配音,中文电影配音,又是新闻播报声音,新闻播报声音,新闻播报声音,新闻播报声音。

老二走出房间,在母亲身旁坐下,关闭电视。

"妈妈,今天晚上不吃饭好不好。""不行啦,我订位了。你不想去没关系啊。""不是这样,我想去,可是你要看医生,等你看好医生我们马上去。""看什么医生啦三八,我不要。""妈,你要看医生。""不要。""我已经网路挂好号,是我以前一位老师,他人很好。""不要。""不行,你看看你,胖这么多,衣服紧成这样,今天晚上不可以去吃了。"

听见胖,妻紧紧抿嘴,不讲话,瞳子蛇蛇闪烁许久,许久许久。"那,你晚上去买肯德基给我吃。""好。"老二说,"给你吃肯德基,就要去看医生喔。"

老大走后,整整一年,妻才停止夜哭。他自己,十年来,从未在老二面前稍露悲伤,只是老二出外读研究所后,他每日必按照早中晚三餐时间打他手机。此时他才忽然意识到,两年过去,这个孩子每天接他三通来电，从没有一口一声不耐。

那晚他拿来大黑垃圾袋，把剩菜全部丢掉。挤了一颗柠檬，加在一盆热水里，冰箱里外擦洗一遍。他关上厨房门准备洗澡睡觉的时候，冰箱里只有一盒葡萄，一株花椰菜，五颗鸡蛋，以及纸桶里的两块他们没吃完的肯德基。

（2015 年）

1023不是一夕之间冒出来的，但也没有人确定1023最早出现的详细时间。有些人说差不多一个礼拜前他看过，有些人说不对他十几天前就有注意到，有些人说吼唷什么十几天，真的要讲起来他上个月送老婆去产检的时候就在医院外面的人行道上看到了啦。总之，这就像宇宙诞生了，转盘式电话消失了，录影带小租店统统被百视达或亚艺影音吃掉了，跟这类的事一样，大家都眼睁睁，大家都不知道，认真要提就众说纷纭了，公说有理婆说也有理了。

等到网路上开始逐渐有人发问"有没有人发现最近好多地方被白色喷漆喷上1023四个字？"的时候，等到电视新闻开始上跑马灯"……台北街头大量出现谜样数字，市府正在追查来源……"的时候，1023已经发作得满地都是。某学校某机关捷运站的外墙上，庙宇山门上，人行道上，围住空地的破绿铁皮壳子上，路边停车倒霉的引擎盖上……走到哪儿都能看到1023，碰到谁都在问1023，监视器百密一疏，清洁队员疲于奔命，城市防不胜防，市民或爱或怕，1023有增无减。

陈有福不记得他第一次看到1023是在什么地点什么时候，他只记得很多天前，某个热乎乎的一大早就看过1023。那时他"咦"了一声，直觉它绝非涂鸦那般简单，但到底是怎样不简单，他也不知道。后来1023红了，陈有福认为自己还蛮有先见之明，有一种伯乐的感觉。

所以当有乘客开始跟他谈起1023时，他就满怀高处不胜寒、荒野一匹狼的孤独感，你们这些后知后觉的笨蛋。"乁运将你看，那边又有个1023！"除非心情比较好，比方说，像现在，载到吴嘉嘉这种皮肤细细、坐进谁车里谁车里就香喷喷的年轻小姐的时候，他才比较乐意分享他对1023的观察。"老板，"吴嘉嘉说，"你每天在外面跑一定知道很多八卦喽，你觉得这是怎么回事？"

"这个我也讲不上来是怎么回事啦，不过我跟你说哦,"陈有福在红灯前停下,整颗头转过来正对着吴嘉嘉(可以好仔细看她的长脖子、圆膝盖跟 V 领衫中间躲躲藏藏的嫩胸口),"很早之前大家都没有发现的时候,我就在松山车站附近看到过哦,那搞不好是第一枚哦。"

"松山车站?"(妈的老色鬼。)

"对啊,南松市场外面那边有没有?那个麦帅一桥的柱子上。"(蛮白的。)

"没有听说是谁喷的喔?"(真想挖你眼睛。)

"我看搞不好是帮派的暗号。"(领子太高了。)

"老板绿灯啰。"(绿灯了还看,去死啦。)

※

这个 1023,皮得很,瞬息万变,一分钟改八十二个主意,比电视台的跑马灯还爱转。有人讲是日期,有人讲是乐透明牌,有人怀疑它跟《圣经》有关:"第十章二十三节?哪本福音书啊?"有人表列出公元一〇二三年时发生的中外事件供人摸索附会。还有,1023是人用双手十指头以二进位方式数数所能计出的最大值,不过,这个概念之于大部分人而言太无趣,完全无法流传。

暂时最受相信的说法是:"某种行为艺术吧。"一个不具威胁的无伤大雅的揣测,市民讨厌危险,市民讨厌想象可能发生的危险。况且,这说法还"似乎为原本乏味的台北都市街头,平添了几许波西米亚的浪漫神秘色彩"。连线播报镜头前,妆实在上得嫌重的美眉站在大安森林公园里,手指露天音乐台地面上斗大的1023甜笑如此灿烂。

整个乱局不只给各相关的公私单位找了不少麻烦,也给主跑生活线的女记者吴嘉嘉带来很大困扰。主管交代:"每天都要有1023的最新消息!叫美编设计一个布告栏放在版面上,追到这个事情解决为止!"吴嘉嘉回到办公隔间里,把MSN昵称改成:"1023你到底想怎样!"有人丢讯息给她:"ㄟ,这个新闻我每天看了很烦耶。""没办法,以后你还会在我们报纸上每天看到一个side-box叫作'1023追追追'。""妈呀。"吴嘉嘉关掉对话框。

1023没要怎样,只是孵蛋一样默默进化。一段时间后,它长了条尾巴——全台北的1023屁股后面陆续多出六个颜色新鲜的字元:"pm1200",这条尾巴帮忙验明了正身:它果然是一个日期。

情势整个抬高了，不到一个月以后的十月二十三日，中午十二点整，台北或这个岛屿或这个世界上，要发生一件没有人知道的事情了。乱来，这怎么得了，这谁的主意，这谁批准的，这太放肆了。1023 真的很放肆，从这个人的舌尖跳到那个人的舌尖，沾着口水满城繁殖，几乎所有开放空间都看得见 1023，每一个人打开每个家门，1023 就在外面等待，以神秘的高调宣示着好运、恶兆、天启、末日、撒旦、阎罗、弥赛亚或玉皇大帝。有些人出现压力症候群，过度焦虑或过度兴奋，精神科门诊送往迎来，除了开药只能建议"暂时降低出门频率"——

"你他妈的我怎么降低！我天天跑基层我怎么降低！我操他妈的 1023！"某"议员"突然在诊间里发作了将近十分钟，被诊间外的机警民众以手机录音下来并在网路上释出，"我操他妈的 1023！"成为热门下载手机铃声，不时在咖啡店、办公室、电影院与捷运中发作起来操他一下。天天吃了药才能出门的议员始料未及，除了视觉上难以规避之外，他的听觉还要不时受到自己的声音突袭，提醒他好一个作法自毙。

吴嘉嘉当然没漏掉 1023 突破性的长尾事件，事实上这独家正是她跑出来的。主任承诺帮她报一支小功。

"感谢那个老色鬼计程车司机啦,"她跟同事在茶水间闲聊,"我每天上班前下班后都特别绕到麦帅桥底下看一下,反正顺路不看白不看,没想到还真的给我逮到了,可惜没有人赃俱获。"

"这人太精了,"对方说,"你看多少人在盯,连《壹周刊》的大炮狗仔队都守不出东西,他现在一定得意到不行。"

得意到不行。吴嘉嘉脑里的线路突然接到一张脸上:那是她曾约会过的一个广告公司业务经理,一个她有生以来所认识最自恋、自认为超有想法但其实搞出来统统都是冷笑话的男人,这种无聊当有趣的事很像他风格,但她知道不是。第一个原因:他不可能弄到现在还没被抓包。第二个原因:他不可能忍到这步田地还没跳出来:"是的我就是你们说的1023……"

"恶。"吴嘉嘉说。

※

吴嘉嘉约会过的那个自恋狂叫作林五强,他父母原本的意思是希望他德智体群美样样比人强,不过后来他在自我介绍的时候常会说:"就是五肢都很强的意思。"林五强确实人高马大手长脚长,一般不会有人接下去问到第五肢的事情,他通常认为那些一时语塞的男性正试图转移这个让他们蒙羞的心虚话题,而女性正试图亲身验证这个让她们害羞的心痒话题。

自从1023后面出现"pm1200"之后,林五强自豪的第六感告诉他这一定是个阴险大胆的创意行销,一定是。但他生气的症结不在于阴险或大胆,而在于他打听不出来到底是哪个贼货干的好事,他打听不出来。还好,也有人在刺探他们与他们的客户,表示他们这个 team 起码还被当作个咖,林五强稍感安慰。

但当他凌晨两点下班回到家,栽进沙发打开电视看重播第二轮的谈话性节目或谈性化节目,以及重播第两百轮的新闻时,林五强又突然难以释怀了。你们就是不敢揭发他们,你们全天下都敢得罪就是不敢得罪广告主。林五强想,一定是这样,雇十几个昼伏夜出的工读生见缝插针,炒足话题也打足无本广告,到了十月二十三日前几天释出消息,当天再石破天惊发表产品……这个破坏市容的杂碎 whatever 公司!

他想到以前约会过几次的一个专跑这类新闻的女记者,或许可以跟她刺探一下。糟,一时竟然忘了她的名字,吴什么?真糟,都怪她那时候没跟我上床，否则即使无疾而终也不至于连她的名字都想不起来——到底吴什么？记忆像纸网捞金鱼愈捞愈跑、愈抓愈掉，林五强几乎想请荧幕里的塔罗师帮他算一下。罩着杂花民俗风棉布只露出两洞浊眼的女人，在林五强黑灯瞎火的客厅里，冒着闪光幽幽对着观众："十月二十三日呢，本身是天秤座与天蝎座的交界，而天蝎座对应在塔罗牌上是'魔法师'这张牌……"这张牌怎样？林五强睡着了，没听到。第二天醒来后他也忘记要找那个吴什么的女记者了，谁叫她没跟他上过床。

当距离1023只剩下一个礼拜，当市民被消耗得逐渐麻木逐渐松弛，开始"时到时担当，没米再煮番薯汤"的时候，当连林五强都决定尽释前嫌不再记恨的时候，那"pm1200"后面，又串出了"市府广场"四个大字。

这下子不行了，炸开了，就算一直都对1023坐怀不乱无动于衷的人也难以自控了，天时地利，台子架好就等上戏了。只有全岛狂签01、10、02、23、32、20、12等号码，却连只鸟都没中回家的彩客们终于大憾放弃。各级官方不断呼吁勿传播谣言制造恐慌，宣称一切都在掌握中，但许多人仍认为将发生恐怖攻击，掀起出城潮，市府员工预签当日休假的将近一半。

※

有些人后悔他们没有去现场,有些人后悔他们去了;有些人不断歇斯底里地叙述,有些人则沉默如剪舌。但所有人都庆幸事情发生并结束得很快,快得目击者来不及反应。大家仔细想想,好险啊,好险当时没有让人想一下的空档,所以大家才没有暴露出各种方向的残忍或伪善,才能在事后完全符合SOP地叹一口气,摇摇头,各自分群取径——感性发抒者有之:"原来,生命竟是如此脆弱,如此忧伤,像一场逝去的爱情,我们怎能不珍惜活着的一分一秒?"理性分析者有之:"大家应该从三个层面看待这件事,第一个是社会边缘人的生存困境……"当然也不会忘记顺带好好骂一下媒体脑残、警察废物、官方无能、美帝侵略、日本篡改历史、地球温室效应等等。

吴嘉嘉就是去了现场并庆幸事情很快结束的其中一人。十月二十三日,中午十二点,市府广场,天气晴。转播车跟看热闹的人群默契围出一个圆,许多人抬头看天,警察无所适从地盯着人车,他们是听说有个疯狂的男人要在今日向一个对他不屑一顾的女人公开求婚。

然后那人就脚步轻快地拨开人群，站到中间。

在面馆里盯着电视的林五强，眼睛还来不及眨，便在一片闪光灯中看见那人掏出一把手枪轻轻塞进嘴巴（像含住一截冰棒），当着起码数十万人眼前把自己的头颅轰爆，洒出红白满地，留下脑壳半边。每个人都有成名的十五分钟，这人只消费十五秒。

林五强把嘴里的番茄排骨面跟皮蛋豆腐吐在桌上，马上想到："干这下子输惨了，八客日本料理。"镜头震震颠颠抢上，面馆里每个人都不想跟着逼近但每个人不知为何都眼不由己。

吴嘉嘉没有走过去，在尖叫声中她还是能听见手机铃声响起："我操他妈的1023！我操他妈的1023！我——"她接起，主管来电："你在现场吗？你现在人在现场吗？妈的那是真的假的？真的假的？好像是真的？赶快去查清楚这个人跟1023的关系！晚上十点截稿！快！"吴嘉嘉感觉自己在太阳底下要往后栽，但她挺住了。

※

1023不曾一夕之间冒出来，倒是一夕之间退场了。

为了降低整起事件对市民的心理冲击，市政府铁腕出动军团弟兄，花了整个下半日入城清洗、涂抹、打磨（不明就里的观光客很可能以为这个城市正在发生某种怪异的政变），弄出许多坑坑疤疤的补丁，有些确实了无痕迹，有些反而更显眼，例如麦帅桥的水泥桥墩，上头便给漆了一块方正的灰。猛然一看，像张无表情的空旷的脸。

陈有福载着小学三年级的儿子放学回家。早上他载一个男客人到市府广场，那客人给了他五百块，跟他说不必找，还邀他留下来"逗闹热"，陈有福真没想到，这个从头到尾笑笑的和气瘦子身上竟怀了一把枪。后来他觉得不想继续跑，想回家，于是就绕到儿子学校门口呆等几个小时，他以前从没接过儿子放学，这个时段通常都在外面做下班时间的生意，所以父子两人在车上都愣愣的，也没有对话。

红灯停下，陈有福本能地望向窗外，又突然使力撇过头，越过手刹抱住前座的孩子，大颗泪滴从男孩的制服后领滚落坠在他的背脊。

"儿子。"

"把拔？"

"没事。"后排车辆的喇叭声逐次响起，陈有福放开手,踩动油门,"不要跟你妈讲。"

"喔。"

第二天天亮,陈有福会一如往常在做生意前到楼下吃一如往常的烧饼油条、萝卜糕跟大杯冰豆浆,并在早餐店里读完吴嘉嘉拼了命发出的整版报道(这为吴嘉嘉争来本年度第二次小功),他将终于知道1023的来龙去脉、心情、动机、计划与留下的谜……然后他会一如往常,发车上街,但是有些什么,已经永远改变,是什么?陈有福说不上来,他在老路上转转,继续郁郁寡欢,直到几个礼拜后油价突地暴涨使他心中的烦恼除旧布新。而消失与涂改的1023,在城市倾灭之前,仍会每日在大街小巷陪伴着每位市民,它看上去有时像拙劣的街头涂鸦艺术,有时则像从来不曾存在。

(2006年)

无
物
结
同
心

他们的梦越来越短了。

由于某种不详蒙昧的原因，有一天，他们的梦境在暮色四合时相逢。他们梦见他们有一栋蓝瓦白墙的屋子。那屋子站在光影侵寻风声猎猎、被夕阳烧灼的原野中间。

梦中他们年纪小，眉眼清俊身量未足。由于都还留着关于现实的记忆，因此这两小无猜益发珍贵可爱。他们在梦中的溪流边钓鱼，并肩坐在亭亭如盖的无名树下。她将手帕结在发上，他捉来亮晶晶的金龟子饲在窗前。

玩累的两人每每并肩躺在草地上看星星，牵着手，不需交谈静静睡去。醒转之后，便回到了积满灰尘的、真实的世界。

然后他们渐渐哀伤了起来。那压迫在梦土之上的现实。

他常在梦中抬眼看云,知道在云的外面,自己是一个疲惫萧索的中年男人,他早已分房而睡的妻成天吵嚷着他赚的钱不够养家。一对叛逆期的儿女见了他像见了仇人。

如果可以他愿意死,以交换这个永远的梦。除了这个梦,他记不起来自己还有什么澄净快乐的时刻。握着她细小柔软的、孩子的手,知道她心里有同样的忧虑,同样的意志。

他们一直很有默契。两人都知道对方并不只是自己梦中的幻象,而是在梦中奇妙缔合的,两个真实的存在。但他们绝口不提身份,唯恐现实世界里的只字片语击破梦的魔力。

梦越来越短。最后甚至连钓上一只鱼的时间都没有。

※

那日他们都有预感这将是最后一夜。坐在满天繁星下只能握潮彼此的双手,额头相抵,闭紧眼睛,抵抗天明时现实侵入身体。在意识剥离的一瞬，他们忍不住大声告诉对方自己是谁、住在哪里、职业是什么。

梦的魔力终究被击破。两人醒来后，无论如何都记不起来对方的名字。

于是她站在浴室中对着镜子流了好久的眼泪。她的早已分房而睡的丈夫，是个疲惫萧索的中年男人，她每日为了拮据的家计焦头烂额。一双叛逆期的儿女见了自己像见到一个陌生人。

而后异床同梦的两人在早餐桌上遇见。失去了梦而心绪恶劣的他们，因细故大吵一架，决定离婚。当天中午，他们站在户政事务所的柜台前，心里想着同样的事："恢复自由之身后，无论如何，我要找到那个梦中的人。"

（2004年）

当一个坐着的人

"妹妹你说坐着的人比较高还是站着的人比较高？"

"什么？我听不懂。"她说。

"哪里听不懂，就坐着的人还是站着的人谁比较高呀。"

"我听不懂啦你在说什么，什么坐着站着哪个比较高，谁几公分谁几公分你又没有讲。"

"妹妹我告诉你，这跟几公分几公分没有关系。"爸爸说，"不管几公分都是坐着的人高。坐着的永远比站着的高。妹妹你要当坐着的人。大家永远不要忘记这一点。大家一定要记得。"

大家其实是个小家，包括一个爸爸一个妈妈与一个她，除此之外爸爸没有什么大家要面对。当然这是比较不伤心的主观修辞，清楚的客观事实是小家外面的大家也不必听爸爸什么话。爸爸很高,手套帽子都漂亮,站在饭店前拉开门,有时说"早安",有时说"Good evening sir",有个银色发髻笑眯眯的老太太他很熟,说"敖早"。后来为了增光,高层给下新指示,爸爸得判断是否说"下午好",有时客人听了好像不开心;爸爸得判断是否说"こんにちは(日语'午安')","下午好"的客人回头瞟一眼:"说什么哪你。"有一天他烦起来,闭上嘴,点头微笑,点头微笑,点头微笑,挥挥手,挥挥手,点头微笑。大堂经理拉他到旁边:"你感冒了吗?""没有啊。""那怎么在那边点头挥手?你皇室出巡喔?不要不讲话!"说完,经理发现一名出差的常客坐在咖啡座看报纸,就匆匆过去,先站着,又坐下了,服务生走来送上一杯热红茶。

看上去,虽然如此,大堂经理实为一个德人,爸爸不感觉受委屈,就是有点悟。回到家,躺在黑色人造皮沙发里,编织许久,成功将百转千回的常理总结成那样不合常理的一句:"坐着的人比站着的高。"十岁的功课写到一半的她被喊来客厅,站在那里,听了半天,根本不明白。"拔我不懂啦!"

"小孩子不懂啦!"妈妈不耐烦,在沙发另一侧拿吃过的花生壳丢他,"她明天有数学小考,你让她赶快把功课写完洗澡睡觉好不好。妹妹去写功课。"

她翻一个白眼,转头回房间。

"那你懂不懂。"爸爸说。

"我也不懂。"

"你就是嘴硬。"

妈妈当然懂,爸爸明白。爸爸则很清楚写功课算是一件坐着的事。爸爸不想被发现地谨慎地叹了一口气。

※

父母的话语就是一种,一种小时候你根本不知道发生什么事,有一天忽然发生了你就知道的事。

功课一直写得还不错,止于还不错,进入还不错的大学,衣食给养不缺乏,在爸爸妈妈那个有点大的时代,拉拔到这样,真是还不错的;在她的小时代,就只能算是不出差错了。爸爸说,妹妹对不起,把拔能力就到这里。妈妈说,妹妹你不要烦恼,供你念完大学没有问题,以后把拔马麻都靠你。

她说麻我懂啦。妈妈说妹妹最懂事。爸爸说庆祝妹妹十八岁上大学,明天晚上出门吃一顿大餐。爸爸的心,也是炮弹磨成海底针了,那样深那样细,虽然有员工折扣，但是这一天他不会带她们去工作的饭店，孩子懂事，这一天不能把孩子的自尊心折扣在钱里。

桌面满饰银色的金属、金色的烛光与水晶的玻璃，一家三口进入很有规模的西洋餐厅坐下，菜单也没有哪里看不懂，其实都很从容，西装革履的微笑的老绅士走近他们桌边。"三位今晚想吃点什么？"

一抬头后，爸爸就扳机一样把自己弹起来。很突兀的。大家茫然相望。

"……我……那个，我想先去一下洗手间。"

爸爸发梦一样走掉。妈妈低头读菜单。她的心口是空袭一样亮，老绅士一定非常像饭店里的各种管理先生们。坐着的比站着的高，十岁那年功课写到了一半，被叫到客厅听见了莫名其妙的一句话，这么多年没有想起来。好像废弃海滩前线上的老旧地雷，踩到了。

洗手间回来的爸爸，脸已经恢复意识，他说："刚刚一下子尿好急哦。"

她心里想拔我懂。这句话绝对只能在心里想。她也知道自己直到十八岁才懂，已经是运气好了。

※

"我懂。"所以她说,"我懂你的感觉辛蒂姐。"

辛蒂如果讨厌她,大概不会让她通过面试进来基金会实习;辛蒂如果喜欢她,又只对她卡卡的,简直女神卡卡。有时候在电梯里,刚好碰见,"辛蒂姐好。""好。"然后就没了。十八楼与一楼间是她最遥远的距离,空气一摸满手都是霜花。明明中午还看见辛蒂跟别的实习生有说有笑,问对方耳环在哪里买真可爱。但辛蒂又不是那种两张脸的人,因为一直都不需要,她有一名瓷砖大王父亲与一名大地产商丈夫,有一对在海外读大学的龙凤双胞胎,她有一个大基金会,还有一行大头衔,过着很大的生活,半世纪间仰视的机会不太多,看上不看下的技术没有练起来。正是这样,她心情过不去。如果辛蒂单纯是个各种踩菜鸟的老板就好了。

可是说她真的让谁不入眼,那又不像,秘书请假去生产了,几次指定她跟出门开会,没有刁难什么,只是冷冷淡淡。其他实习生歪头望向她们背影,像对午后白墙上树摇花影困惑的小猫,世道如雾如霾,谁都呼吸困难,这边的薪水勉强把人当人看了,也有机会长见识，大家不是硕一就是大四，大家都苦苦操着一份毕业后就地扶正的心。

她也想，可能比谁都稍微更想一点。爸爸后年退休。爸爸说，唉，站了一辈子。

当时是在辛蒂的公司车里。辛蒂吩咐司机送他们回公司后绕去一个什么什么地方"拿我的维他命"，罕见地正眼看看她，又笑一笑，说："青春真好，你看看你皮肤。"

"但是辛蒂姐你保养得很好很年轻很好啊。"她颠三倒四的，不过没有说谎。

"嗨哎。"辛蒂发出一种暧昧不清的喉音。往车窗外看，过了几棵路树，才转过头来："更年期很累的。"停顿一下："人累心也累。"

再怎么想，也想不到辛蒂会在这条路上，说谈心就谈心，说更年期就更年期。她紧张得几乎颤巍巍，脱口说辛蒂姐我懂。她说辛蒂姐我真的懂。

"你年纪轻轻懂什么。"

嘴就像长在别人身上，那么伶俐管不住。"不是，辛蒂姐。其实那个，"她说，"其实我……其实我没有子宫。"

"你没有子宫？"

"我大一的时候啊,就那个每次来量都超多超痛,肚子还鼓出来,看医生才发现长子宫肌瘤,卵巢也有很多问题,医生说不整个摘掉不行。最后就全部摘掉了。"

"天啊怎么会这样。"辛蒂说,"天啊。真的假的。"

"体质的关系吧,但辛蒂姐你不要跟别人讲。"她声音低落下来。

"我知道,我不会。"辛蒂说,"天啊。那这样你……是不是以后就不能生。天啊。"

真不晓得自己是神来一笔或者鬼打天灵盖,怎么说出这样天大的谎。可是她想这个谎怎能又是这样的天造地设,辛蒂姐会把她剖开来检查吗,会要她开一张医院证明吗,当然不会。这个谎够软,可以抹在辛蒂姐心里的龟裂上,这个谎又够硬,藏在肚子不会流出来。想想她都已经不能生了,小腹还挨过一刀,辛蒂姐怎么会逼人太甚。

只是就不能请生理假了。还好也没请过。

拿子宫的不是她,她的子宫,二十八天,比新干线还守时,比儿童节目活泼又开朗。大一上学期在女生宿舍跟室友一起来月经,室友在下铺痛得见神杀神,她趴在上铺追美剧吃芒果刨冰,寒假过后开学,室友迟了两周才回学校，神情变得弱弱的，才听说是长肌瘤看过医生，状况实在没办法，都拿干净了。

那之后有一日，她和室友一起骑车去学校附近超市。天气很好，天空前程远大，期中考刚过大家心情像胖胖的白云。她们分头采集，最后在收银台前会合，一起累积点数。等待结账的队伍里她问室友你买了什么。我买零食跟葡萄跟花生酱，早上拿来抹吐司。她高兴地说好巧我也是买这些，我也买葡萄。

两个人说说笑笑，购物篮肩比肩放上了收银台。无意的扫视下，她一看就看出来。前面的她自己的篮子里有两瓶汽水、即溶咖啡、一罐超市自有品牌抹酱、买一送一的苏打饼干、一盒即期促销熟得像滴血的红葡萄，汁子都稍微渗出来了，不过挑来挑去还是这盒品相最理想了。室友的篮子里有新来的加州大绿葡萄、新竹手工花生酱、有机豆浆、法国进口莓子奶油酥。

她以前知道室友离婚的母亲是牙医，她现在才真的知道室友离婚的母亲是牙医。一下子心中画面活跃，每次洗牙的时候是这样的。牙医坐着，助理站着。

那天开始她几乎不再与室友说话。对方好像没有意识到这件事，也或许是意识到了却不介意。

她在 Facebook 上注册一个假账号，同班同学的名单，一个一个挑出来，一个一个去传。某某某开学晚了两个礼拜来上课，因为她寒假去堕胎。同学们看了，莫名其妙，这种事固然不愉快，但有怎样吗，室友的班对男友比较动气，在系上群组发一篇帖文附诊断书照片，寒假时小安是去动手术没错但那是因为子宫长肌瘤，我全程都跟她家人一起陪着她，我不敢说未来怎样，但我有决心不离不弃，小安虽然想要小事化无不计较但要是有人继续散播谣言，我绝对支持她提告把你揪出来。同学们留言，小安加油，暖男喔，小安没事吧，保重啊，太感动了。她用本尊账号按一个赞，然后把假账号删掉。

　　能使的坏也就如此。心中亏损不堪，一直觉得室友对不起她。她非常宁愿，室友那一天是在她面前才故意买了那些东西，她也非常知道，并不是。对方日升月落一样的，自然的无心的，那自然而无心使室友更彻底地对不起她。现在借她那场血光之灾用一用，勉勉强强，虽然只能说是差不多差不多的，虽然还谈不上原谅，就算是扯平了吧。别人身上的苦头，尝起来舌根甘甜。

※

后来她也有些明白。辛蒂未必喜欢她，但也全然不算讨厌过她。根本都谈不上那么动感情的状况，对她没有印象而已。点她开会是秘书 LINE 了辛蒂："对了如果大家刚好不在，但老板你得有人跟开会，可以考虑带公关组坐最前面那个位置的实习生何巧妙，她做事蛮可靠，样子也干干净净的。"

后来辛蒂对她，就算是还不错了。她给辛蒂办公间窗边的兰花喷水。整理某条辛蒂关心的国内外新闻的资料。拆封归档源源不绝送进来的杂志书本出版物。无关痛痒的小事情，不过她很上心，捉摸辛蒂一阵一阵的兴趣，开始懂得悄悄先扫一遍，拿颜色谦虚的透明胶签，轻轻将某些页面稍微标起来。

"佛教文物拍卖市场，水深还是火热？"辛蒂上礼拜要她把过去三年拍卖目录中的藏传佛教题材统统理出来。

"吃蟹考：从太宰治到大观园"，辛蒂说下下个月基金会办大论坛，会前有一场执行长级的晚宴，到时候可以带他们吃螃蟹吧，真不晓得怎么跟这些外国人解释吃秋蟹的心情，巧妙有空帮我想想，我们生意人只知道吃。辛蒂说，那些白人啊，跑来亚洲，大家不要以为什么……场面话都很好听就是了。

她在一本日本时装杂志看见"今季孔克珠最佳单品十选"，想起那天无意听见辛蒂在电话里，跟丈夫讨论婆婆生日送粉红珍珠还是粉红钻。儿子说妈喜欢钻石，媳妇说妈适合珍珠，她反射性地抽出一张胶签。手才下去，忽憬然有悟，就没有贴，只是把那一本摆在整叠新杂志的最上面。一瞬间，对自学成才的自己非常满意，眼眶都酸软无力。

辛蒂非常受不了但又忍不住不看一本叫《社交界》的月刊，所以，《社交界》要放在最底下。

"现在真是，卖马桶的也能叫公子叫千金。"辛蒂说。

这一期《社交界》封面人物是知名卫浴设备公司的富二代兄妹，家族以免治厕座远近闻名。

"对啦，马桶里黄金是很多啦。千金。"辛蒂又说。

她都没有听过辛蒂这种语气，辛蒂对他们说话，材料是科学化的规格，烤不化同样也冻不坏，心情不错时偶尔也乐于讨人喜欢。早上辛蒂的公司笔电大当机，设定都跑掉了，她正弯着腰一一调整回来，辛蒂斜坐在椅子上翻那本杂志，也像是自言自语，然而，说到底，当讲话的人决定让思想变成声音的一瞬，就是希望有谁听见。

她不确定该不该搭腔,稍微偏头,眼角余光闪闪,以为能看见辛蒂侧脸的表情,但旋转办公椅转到背向了她的角度,迎着角间通体透明玻璃帷幕窗外的胭脂色晚霞。

还是不要出声比较好。

她一瞬间又想,你自己不也上过这个封面还三次吗,而且瓷砖跟马桶不都一样是厕所里的东西吗?又告诉自己,天啊不要这样想辛蒂姐,这样很坏。

"辛蒂姐,电脑帮你弄好啰。"

"噢谢谢。"她听到啪一声合上厚重的铜版纸的声音,很响亮,很像那样的纸张有着的一种新艳自喜的反光。辛蒂回转椅子,动作利落,递过来:"这本帮我回收好吗?"

"没问题。"她轻巧地出去了。

在辛蒂身边,反而刚好相反地,模模糊糊而没有道理地,理解到自己并非想象中那样卑微了。旧世界的富过三代还是幼儿学步穿衣吃饭,但在新世界里已很能自雄于甲第金张,年轻的社会都差不多,新富人与不算富的人彼此抵触,不算富的人之间尝试剥夺与互相憎恨,夸富大会是一种资本的阅兵,忆苦大赛是另一种资本的阅兵，自己在自己心中的形象各各千奇百怪。总之，富是空间性的，贵是时间性的，而现在时间更接近年轻的她这一边。有一天中午，辛蒂带她出去，那是一场取其地点方便轻松谈事的午餐会，她们被安排在意大利餐厅窗边一个眉清目秀的位置，主厨的女友合伙人像多日不见主人的灵犬莱西，喜乐亲昵，不知如何是好，动辄在辛蒂身边团团转，辛蒂姐你这么久没来。辛蒂姐你气色真好。辛蒂姐我今天有非常好的帕马。辛蒂姐主厨最近试做了法式的 rillettes，老客人我们才拿出来，你来太好了给我们一点意见。那个谁过来过来！去拿 rillettes 还有面包过来——ri-lle-ttes，我不告诉你中文是什么你来多久了还听不懂。"你真的不用忙着招呼我，"辛蒂说，"你看你餐厅生意这么好。真的，都老朋友了不要这么见外。"

"她也是不容易。出身很苦的女孩子，什么事都做过。很努力。"女人走开后，辛蒂淡淡皱着眉淡淡地笑，对客人露出一种根本不抱歉但又该为谁抱歉的表情。她有一种感觉是辛蒂在"什么事"三个字上放了重音。

饭后上来了带着绿葡萄的起司盘。

在辛蒂与客人之后，也沉静大方地尝一尝。辛蒂曾有些不高兴地教训她不要在外人面前过度怯手怯脚，送上桌的东西就是要吃的。是不难吃,但也体会不出什么名堂,不过,她还是决定再吃一口。她在心里说:"吃完这一口呢,小安我就真的原谅你了。我说到做到。"

※

春天满城灰雨。同期的实习生们已经不喜欢她。跟着辛蒂鞍前马后,注意力寸寸春蚕吐丝丝方尽,有一天发现大家眼神不好,早就晚了。

一时很受折辱。为了这样小小的,这些大人们眼中灰尘脚垫似的工作,我为什么就得被说成这样,为什么你们自己不力争上游最后成了我的错。况且你们缺这份工作吗,你们不是都不缺这些,既然不缺为什么不能都大方一点呢,都心胸开阔一点啊。

一时又安心了。辛蒂问她,夏天毕业后想做什么。她说,还没想。辛蒂说,基金会业务扩展不错,我一直要找人分担珍妮的秘书工作,不过,内容很杂很琐碎,我打算让珍妮专心看基金会的事,这个位置比较接近我在公事范围内的私人助理,我看你,还不错,很可靠,毕业之后有没有兴趣来基金会跟我。她说,辛蒂姐真的吗,辛蒂姐我当然有兴趣,我很想跟辛蒂姐。这句话，倒不是奉承，不是没有真诚的心情，东奔西跑打几年工，她务实，理解辛蒂也是不错的老板，严格接近严厉，不过不情绪化，原则也很清楚，喜欢可靠的人。

辛蒂说那就这样，这件事我交代珍妮，你九月一号跟她报到。她说谢谢辛蒂姐。

辛蒂让司机把她们放在市中心一条花树隐秘、如动物小窝的巷道里，几乎有点俏皮地说，好，今天的正事都谈完了，去逛街。

所有的大都来自小的累积，然而最终那大的真正规模，又往往在小中具现。例如爱情想起来是很大的，是天崩地裂，但它终于冲决的破口小得任何仪器不可能找到；例如富裕看起来是很大的，是汪洋大海，但它所充满的位置，是满到溢出去的碎浪的水雾。是一张熨烫过的报纸。是看起来一模一样的两件袍子，早晨穿的那件含苞欲放，晚上穿的那件秘密盛开。是十层床垫底下的豌豆。是无尽无数最奈米最荒唐最可笑的小感受，都被过甚其辞地服侍了。或像是辛蒂到来的这家私人精品店，玄关桌面摆了一组奇怪的花器，透明玻璃托盘中水养着一捧丰满重瓣的白花，盖着钟型的玻璃罩子，罩子顶端，又有个洞。这是赏花，还是什么，看不出有何可赏，玻璃罩子与它的洞都语焉不详。她站在那儿，端详半天。

"这个是这样，"辛蒂走过来，"这个呢学名是栀子花，台湾给它取一个名字叫玉堂春，很香很香，有时候太香了，所以放玻璃罩里把香味关住，但又让它从上面这个小洞口慢慢地释放出来。"

"噢！好厉害。"她闻到了。

辛蒂漂亮地撩拨着货架上那些春衣夏装。每一件都带着红颜薄命的轻盈感，那种轻盈感完全是非物质的烟笼，是她修《楚辞》时读的青云衣白霓裳，她想古人还是有他们的智慧。

有人送来红茶与餐具，有人端来三层下午茶架，上面是草莓酱司康、蘑菇咸派与熏鲑鱼三明治，小得矜贵可爱，放在她身旁的大理石桌，白底灰色冰丝纹，是谁心目中的伦敦一区呢。"辛蒂姐，我把红茶端给你喔。你要不要吃什么，我帮你拿。""不用，你就放着。"辛蒂说，"吃的喝的放那边不要拿过来。你自己吃吧。"

她想我不饿。但这样的话说给谁听。就应一声"好"。

也不能盯着辛蒂的一举一动看，也不能让辛蒂感觉她杵在那儿一直低头刷手机，当然也不能一起挑拣架子上那些霓虹暮霭或流云，最好的方式是一面静静坐在沙发上端起杯子喝红茶，一面看看这里看看那里，看看天花板也看看地板，天花板是掐着白色细饰板素面朝天的奶油灰，地面是黑白相间的方格砖。是谁心目中的第五大道。

辛蒂走进试衣间后，她刷开 LINE 上名为"爸妈"的群组。

"今天老板说我毕业后可以留在基金会正职当她的助理！"

妈已读。

"妈：真棒！"

"妈：待遇怎么样会不会很辛苦呢？会像现在经常加班吗"

"妈：爸爸下班看到一定很高兴"

"我会看情况问清楚待遇，辛苦应该还好啦你们不要帮我担心这个"

"妈：收到"

"妈：什么时候上班"

"九月一号"

"妈：好"

"妈：晚饭有白斩鸡跟炒面"

她收起手机,觉得一下子放松了。是那种在心肠里咬牙,在脑壳里握紧拳头,许久后终于放开,让什么流出来的放松感。

有什么流出来。如梦初醒的后腰僵硬一直。像现在这样子,忽然意识到裙底皮肤湿润,早就已经渗透。

照理而言距离经期还有三天,周末才该来,这是提早了,早几天晚几天其实很常见,但她一向铁板钉钉二十八天,便过于自恃,身体这东西就是拿来让人跌一跤的。

辛蒂轻描淡写,穿过的都要,往她这里走来。若是平常那个她早就起身站在一旁,现在只好继续坐着。

辛蒂不讲话,其实她可以去另一张沙发,偏偏靠在那圆滑的桌缘,托着肘。"有热咖啡吗?这茶冷了。"有人匆匆说有的有的,送来热咖啡,辛蒂便在她旁边一口一口地喝。慢条斯理地喝。

是站给她看的。又回头在桌上慢条斯理地拣出一块小三明治。慢条斯理地嚼。

"咖啡再给我一杯。"辛蒂说。

她坐得抬头挺胸,目光直直,血流成河,像个最好最好的伤兵。

她想,如果今天我带着一件外套或围巾,一会儿站起身,很快将它往沙发上一盖,谁也看不到,她们才不会冒着得罪客人的风险问这件事呢。但她也知道自己今天没有带一件外套或围巾。

她又想,噢!或许我可以说,我是痔疮破了,天啊痔疮破了,她在心里简直把眼泪都笑开了花。但她也知道辛蒂脑中若出现这样一条叙事,说她带来的助理,光天化日把痔疮坐破掉,还喷血,店里那张雪花石膏色的麂皮沙发弄得甚至没有办法洗。一样是完了。

"陈太太,你司机到门口啰。"玄关处有人说,"东西我们交给他了。"

"走了。"辛蒂总算放下咖啡杯。银汤匙与瓷碟子,瓷碟子与大理石,敲响玲珑的音效,那力道是平常,还是带了一点力气,根本无法判断。

"好的辛蒂姐。"

"你怎么啦,脚麻啦,沙发这么舒服起不来呀。"最终的不幸,落实在辛蒂的纡尊降贵里。并没有仰头不顾地独行,女人在周围的温柔注视之下,必须调整气氛,让一切不像轻慢的场景而是和悦的美谈,因此转过身看着她,摇摇头,大度地垂下了手。严饰的椭圆指甲一枚一枚都像玛丽兄弟的金币,云中伸出豌豆藤,是要拉她一把了。

我不能站起来,我要当一个坐着的人,我不能站起来,我要当一个坐着的人。

她闻到辛蒂的香水,也闻到玻璃罩里的栀子花,又叫玉堂春。

(2017年)

猫病

猫病了？猫不是病了，她知道。她的猫，这个妹咪（她念作ㄇㄟˇ咪），一直很懂事，不找她麻烦，没带它看过兽医。当然在她每日生活的途中，也会注意住宅附近的诊间，招牌灯箱上做出卡通图案，落地玻璃门窗里贴得干净铺得亮，一对小男女，人行道上骑着摩托车掠过她身边，停下才发现后座女孩怀了一塑胶提篮，两人哎哟讨厌啦你车锁好没嬉笑拉扯推开兽医院的门。兽医院，多个兽字，事情就轻了一半。她常提醒自己要记住附近那间动物诊所的电话，以防万一，回到家躺在床上电视按开又忘了。

* 台湾注音符号，音同 měi。

但她的猫，这个妹咪，一直很懂事。它不是病了，只是懂事了。几个礼拜来，早晚看它耸尾贴腹一咏三叹，它即使叫春也不找她麻烦，不曾鬼哭神嚎，只是呜呜发出小小的恨声，尾尖挠过脸侧摩过耳背扫过之处几乎都要满地开花。她有点担心，这分租公寓，房东经济实惠，拿木板把屋子隔隔租给六个人，除此就是两间公用浴室、一面阳台与一组炊具（连厨房亦不算），每个人都避不了每个人，也早就说过不准养动物，她有点担心，妹咪这样被发现是迟早的事。

总之必须带去求医的。"妹咪，妹咪。"压低了声音一叫，就乖乖地过来，不知多么甜蜜、多么让人心碎地走近她身边。

※

他一手抬起妹咪的下颌检视眼睛，一手顺着它的尾巴，意思是没事不怕，看看而已。妹咪伏身，姿势和好，她忽然觉得它有些妖。就一直看着他的一双手。

"你的——"从她手里抽过刚刚填好的病历表，"你的ㄇㄟˋ*咪——"

"ㄇㄟˋ咪。"

"——ㄇㄟˋ咪。几岁知道吗？"

还是就一直看着他的一双手。橡胶手套边缘露出的肤色偏白，让人一看就想起医生的肤色。"……我不知道，它是捡到的。"

（啊，我跟你说，那天雨下得很大，很大很大，我就看到它沿着车道的水泥墙边慢慢走进来，浑身都湿透了，缩成一咪咪啊，水从毛上滴到眼睛里，所以眼睛也张不开。因为上班时间我不能随随便便离开收费亭，随时都有客人开下来停车或是拿好车要出去，所以我就用原子笔啊，敲那个收费亭的铝门框，叫它，我说咪咪过来咪咪过来，你在那边会被车子轧到，它懂耶，不骗你它真的懂哦，它就走过来了。）

他扳开猫颚，手指伸入探探口齿，又把妹咪放上秤子。妹咪回头看她，她也不知怎么办，伸手过去拍拍，恰好他把猫从秤上抱下，指端就轻轻擦过他薄膜了一层不老但也不年轻的手背。轻轻地擦过。她自己上班也是戴白手套，每一天从小窗口接过一张张离开

---

* 台湾注音符号，音同 mèi。

的证物。每一天每个人都在离开。布手套其实使工作不便，指间的零钱发票车卡常常挂一漏万，但是她觉得很好，一双手看起来多多少少像个好命人；戴口罩也很好，有时她从窗上倒影里乍看自己，会有一些美的样子。

"大概一岁半到两岁，捡来之后有没有看过医生？以前有发生过同样的情形？"

"都没有啊。"

（它就走过来了哦，坐在那里一直看我，也没有喵哦，那个鼻子下面那边啊，一边滴水一边一掀一掀的，就是没有喵。我就觉得这猫好像很乖的样子，有车子开进来，它居然懂得跳进我的收费亭里面躲车轮，人家不是说猫都很怕人，它都不怕我，我想一想，就拿外套把它包起来塞到背包里，拉链露一个缝缝给它呼吸，其实被同事被课长看到也没有关系啦，他们问是会问啦，其实也不会怎么样，他们人都很好，比方说有一次——）

"……小姐，你有在听我说话吗？"

"啊！啊。有、有啊……"

"我刚在讲，现在的话，就是发情了，可以开药给你回去喂，"他一边翻视妹咪短短的毛根，"但也只是缓解而已，一般来说不结扎，上了年纪之后很可能会子宫蓄脓。我会建议饲主及早绝育。"

"子宫蓄脓，那，那是怎样？"

"一样，开肚子挨一刀，只是更麻烦。还更危险。你要让它生小猫？"

"小猫，生小猫喔，我没有想过，不会吧。"

"那就结扎吧。母猫不生育，"终于被放开的妹咪，开始竖直长尾扫着他的腰，几乎没有小动物本能的恐惧，他好像觉得很有意思，拇指螺旋揉它眉心好俏皮生着的一撮花毛，另外四指扣住它后颈，妹咪渐渐软倒。"母猫不生育，它的子宫、卵巢，整个生殖系统就是多余的，没用。麻烦而已。"

"可以先吃几天药，让我考虑一下吗？"

"当然，你也可以问问别的医生意见。"

离开时街道已经逐渐休息。她一手抓着药包，一手抱着装了妹咪的提袋，在人行道上走了两步，又回头，恰好看见他诊所招牌灯箱瞬暗的一刻。那上面绘了一只辨不出猫狗鼠的卡通动物的大眼睛，一眨后没有了光亮。

※

　　然而妹咪的情爱之心很坚定了，她按照他的交代，"药粉，混在半个罐头里，每天一次"。如此给养三天，妹咪日日柔顺食毕，只是不生效。渴欲而渴育的猫身在她们共居的三坪分租小室中显得无所不在。她紧紧抱膝坐在单人床上背靠木板隔间，瞪视它揉搓翻滚。想到他在妹咪身上反复操作的一双手。

　　他是中等个子，比例上腕骨显得宽掌心显得厚，不知橡胶手套里面他手是什么样子，应该是读书人的样子。但或许有疤，应该一定有疤。小动物发蛮抓伤咬伤所留下。

　　由于角度居高临下之故，她坐在停车场收费亭里总是先看见车主伸出来的一双手。指腹指甲，掌心手背，肌理筋脉血管。固然有手套隔绝温湿度，但日日与人十指交接，久后她也学会了难以解释的瞬间灵感，在驾驶者从暗影的车内呈现面目之前，能够从递来的双手间先觉某些端倪。一个无礼的男子将要出口伤人："多少？一百二？干你娘！一个小时一百二！你去抢比较快！干你娘！"或一个阔人："不用找，不用给我发票，我赶时间。"当然大多数时间里没有这些戏剧化，她只是坐在那里安静地被废气经过。百货公司想让停车场全自动化的传言一直都有，她也只是坐在那里安静地被传言经过。

不知道橡胶手套里面他的手是什么样子。如果看见了或许能更明白他一点。她非常想看见他的手。

跨下床去把妹咪抱上身，在它身上复习他手的路线。下巴、眉心、头顶、颈凹、背弓与尾梢，还有指爪。那时他把妹咪的四只小掌翻起，俯身仔细检视："乖，好乖，没有伸爪子，真是乖乖猫。"当然她明白这是在哄妹咪说话，没有称赞主人家教很好的意思。她试着贴紧妹咪的短毛嗅闻，其实感官上完全不觉什么异状，但她知道妹咪身体有她从不能体会的天地诱惑的本质。他说："母猫一旦发情，公猫几公里内都闻得到，所以你要考虑它会不会招来外面的公猫跑到你家外面打架吵闹？它也会一天到晚想往外跑，这些你都要考虑。"

妹咪在她膝上翻了个身。她低下头，将脸揉入他曾专注下力触摸的妹咪的肚腹。妹咪不怕，妹咪好香。那猫像个欢乐的婴儿四肢抓进她发中，沙沙舐起母亲的脖子。它体腔内血液咕噜噜的欲力窜流声响非常明显。想起那日在他手底它也是这样媚声隆隆，她猛然睁开眼睛,不能克制颤栗复颤栗。

※

年轻的时候,她其实也怀疑过自己是否会这样子?一边目睹自己生命中各种想象一盏一盏熄灭,一边干燥地慢慢结局。她只是不知道怀疑会成真,没想到成真的部分比原先所怀疑的更加下沉。

例如,她曾认为自己会在未老前匆忙嫁某个人,这人不会富贵高尚,不会多么钟爱她,也不会多么受她钟爱,然而起码是不需要向他人或向自己解释的人生。青春流走留下的位置必须被填补,婚姻或者什么,否则将永远欠世界一张抱歉而疼痛的脸。她没想到连这样一场匆忙都没有。

又例如说,她曾经认为自己是个计算——不是算计——非常清楚的人。她做过车掌,做过许多年小贸易公司的总务,也做过许多年的会计,必须是计算非常清楚的人。而一个计算清楚谨小慎微的人难道不是最无虞的吗?她没想到世间一点小安乐通常也不许保持。有一年存钱够了,她在市区边陲贷买一层三十五年二十几坪的旧公寓,那也就是一个外于青春、美貌、教育、财富与婚姻的女人能完成的所有完成；然而买后父母马上分别癌起来与痴呆起来，说是终究会癌会痴呆有什么关系也可以，但一个老独生女还能如何。又把房子卖了。后来父母当然也陆续死了。她就一直住在分租公寓，都是顶多住两三年的女大学生，她对她们的眼神像笼中兽望鸟，因此没有人喜欢她。

再例如说，她曾经认为可以这样残而不废地过下去，因为早就向命运递上降表，不的，不会再以为自己有资格争取稍好的人生了，连一点冒犯的动念都没有了，只希望对方不要主动来践踏；五十一岁终于停经的时候，她也很知好歹地驯服于一无所有的五十一岁，毕竟不能说它全没好处，一无所有即一无所失，起码那些女生们不能老是栽赃她把浴厕滴答得乱七八糟。（但事实上谁也不知道她已经停经，因此还是继续地栽赃她把浴厕滴答得乱七八糟。）

然而她没想到会像把自己捡回家一样捡来了妹咪。那天把妹咪塞进背包，它脏湿温暖地蜷在里面睡起，睡到她下班后脑中昏沉沉手中沉昏昏抱它转两趟车，在巷口便利商店买了干饲料爬回房间才甘愿醒过来。醒过来，也不抓咬惊怪，大主大意要跳枕头上，她抓入浴室拿洗发精加沙威隆消毒水搓洗，最后吹风机吹出又松又香满地滚的一球小玩意。看清楚,是只雪腹白尾花背脊的圆脸庞淡三花(也是日后听他向别的饲主解释才知道:"身上有白、黑、橘三种颜色的猫叫作三花猫,如果是白色、灰色跟浅橘色就叫淡三花。三花猫几乎只会是母的。")

她并不懂现在人养宠物的多情多虑,就按常识买来沙子跟便盆放角落供它埋屎尿,一碗清水,给一碗猫粮;也没有忽然慨叹温柔起来,那样地善感。当然,生活是完全不同了,她有时甚至可以觉得开心,与妹咪玩手玩纸屑玩线头,电视音量调大盖掉跟妹咪嬉笑说话之声;每日打开房间,它无不例外端坐门开一线处,抬头极自制嘤一句。不止一次她看妹咪盯着天花板上的蚊子,考虑或许应该搬去稍大的地方,大一点点就好,不用太多,最好有扇对外窗,妹咪可以趴在窗台上招揽路过的鸟。

然而她没想到妹咪初熟迸裂的青春将她引向了他。

※

对她而言,持续带妹咪回去求诊见他的那一个月,真是太复杂的一段时间,不知如何熄火的煎熬,不知如何引泄的嫉妒,如果投胎当一只猫多好,为何人总是如此无望。

她再度把妹咪抱去时,"医生,吃药没有用,可是我不想让它结扎。"

他点点头,没答腔。低下头捧起妹咪的脸端详眼睛,手上接下来当然是兽医机械式地翻耳抓脚,但神情柔和,薄嘴唇轻轻弯着轻轻开合,"我记得,你叫ㄇㄟˇ咪对不对?妹咪好乖,有没有好一点?"

"不结扎当然也可以,"他转过身对墙在文件柜里翻找病历表,声音隔背传来,"但上次我应该有解释,会有后遗症。药物帮助也是有限。"

"可以啦,我、我看它现在其实也还好,也不用吃药了。"

他耸耸肩:"不吃药当然最好。你的猫现在其实很健康,以它的年纪,没生病的话一年健康检查一次就可以。"

"一年喔。"

"五六岁以后建议半年检查一次。"

不到两个礼拜,应该很健康的妹咪又被带去看他。因为她太过踟蹰,早出晚归的路上经过他诊所门口,明明是光明正大的——谁不会路过一条街呢?但她一眼都不敢瞥，真是焦虑得很。其实，就算大大方方张望，也没有谁会说不妥，甚至根本没有谁会注意。但她都不敢。女人老去了就变成男人，不，错了，老去的女人也不会变成男人，根本不算是一个人。她没有资格洋溢任何。

只好拿削水果的小刀在妹咪的左前脚肉垫上割开一口。

怕不够深又怕妹咪逃，下手有一点力道，血啪啪几滴在毛上落开；妹咪大惊吓，呆去。她抱紧她捏住小爪直奔他诊所，推开玻璃门，门上挂铃叮当一声，空调清凉，灯光剔透如琉璃。他在那里。

"不知道踩到什么，受伤了……"她心痛的表情并非全是作态，他没说话，也没正眼看人。"妹咪乖，叔叔帮你看手，一下子就好了。"妹咪忽然抬眼向他，极哀伤极哀伤地大喵一声，他脸一抽动，紧握妹咪足掌，移来器械消毒、上药，轻之又轻地包扎。最后摘下手套掷进垃圾桶，在水槽边仔细洗手，意思是一个病患结束，工读的男孩就自然会过来收拾善后。

看得清楚，他的手确实有一些微疤，无伤大雅。干净接近苍白，指甲宽而平坦，骨节刚强。她就一直看着他的一双手。

"你的猫非常乖,非常懂事,我没有碰过这么懂事的猫。"他转过头来长长地无表情地直视她,显现一个四十出头男性想要使用就会有的力量,"这个伤口不像猫自己造成的,你应该好好照顾她。"

"我知道、我知道,我会注意,谢谢医生,谢谢。"

毕竟伤得不深,不到一周妹咪即可行动如常,它似乎自行决定这是单纯的意外,一切待她不改,她睡时依旧要热热拱在她枕边,她出神时则依旧要攀到她膝头上张望;这次她想到将喝尽的几个玻璃瓶碾碎成渣,混在猫砂盆子里给妹咪掏扒,原先只是试试而已,未料效果栩栩如生,完全不像谁的加害,"医生,它玩玻璃杯,打破了,结果笨笨地踩上去。"

又过十天半个月,这次是妹咪右前脚的两根爪子。"医生,是我太不小心啦,"她先讨好认罪,"我给它剪趾甲,一不小心剪太深,把它里面的肉剪到了。"

他端起一看,何止太不小心!猫的趾甲似人,也分两段,一段纯然角质,修剪只能到此为止,此后都是十趾连心,妹咪趾甲整整齐齐断去半截,就像把人的指甲盖硬从中段掀去,如何会是这样误剪!他一抬头看见她双手握搓,眼中向他放光,自己事后想想,都说什么不明白为何会一瞬暴怒起来,将手上一把清耳钳往诊疗台上一掼。

"你到底是怎么在照顾动物的!一个月脚就受伤三次!你下次再让猫受这种奇奇怪怪的伤,就不要再来找我看了,去找别的医生处理!免得我看了就生气!"

妹咪缩在角落睁眼看着她,候诊室一个穿运动衫的中年男人牵着大狗,人狗都看着她,工读的男孩助手看着她,总之屋内所有眼睛都看着她。只有他没有,他正背着身子为妹咪准备药水纱布等等。她知道他回过来时会是怎样的视她如弃的眼神,她一辈子都在看的那种眼神。

她紧抓起妹咪疾走而去,下班时间,城市正要化成许多光线流入街道的时刻,路上一阵乱,几秒后那工读生也撒脚冲出:"小姐小姐小姐!医生说要把猫咪的脚先治好——"追了两步:"——算了。"他回头返进诊间,经过骑楼底下,顺手往梁柱上的开关一按,招牌的灯箱亮起,那上面绘了一只辨不出猫狗鼠的卡通动物大眼睛,顿时从晦暗里眨起了光亮。

※

周五夜晚,她今日没有轮班,屋里所有人都不在,只剩她站在后阳台充作烹饪处的炉前,点火烧水准备一个人吃饭。再端着锅子回到房间时,恰好住隔壁的两个女孩一同回来,"啊,陈阿姨,你在喔。""你们回来啦。没有出去玩啊。""回来洗一下澡,等下就要出去了。"

妹咪自始至终都是那么太奇怪地全心信她,自始至终。因此她也不得不全心相信妹咪定有一个为她的使命而来,否则怎么会连舍身的时候都那么柔顺无怨没有挣扎?她的手握妹咪喉咙时连一抓都没有被抓。

她一边看电视,一边安排汤匙里酸菜姜丝与血块的等比例。她母亲在她小时候经常制作的。那时市场里还有人现屠,家里多出几块钱,她母亲就去等猪血或鸭血下来,买得小小一包回家理过,倾入滚水煮成嫩猪血嫩鸭血。"一两活血强过一斤死肉。"母亲看着她吃下去。

年轻女孩之一洗完了澡,跑去敲另一个女孩的门,两人在屋里声音压得很低地抱怨:"一定是陈阿姨啦,刚刚那间水比较大比较好洗的厕所又被她的

MC（月经）滴得到处都是……我刚刚洗澡都帮你冲干净了……""谁叫你每次都爱抢那间，又爱抢着要先洗……"

　　要是平常，她是不可能听到这样紧小的声音，然而此时她眼目明亮，心胸胀满，感到不倦不息不死心的秘密喷发，正在酝酿。妹咪的柔若无骨，妹咪的娇声，妹咪的媚态，小母猫绵延数公里的荷尔蒙，她一口一口食后，感到下腹坠热，低头一摸，忽忽就是一手彩血。医生，我都停经好几年了，现在又流血，你可以看看我得的是什么病吗？医生，你看得出来这是猫病还是人病吗？医生，你好喜欢妹咪对不对？那你一定也会喜欢我。妹咪，妹咪，下次我们一起再去看医生。

（2007年联合报文学奖·短篇小说大奖）

附录

大命运上的小机关

黄丽群

各位一席的观众大家好。我是黄丽群，来自台湾。

我有很长一段时间是记者跟编辑，这是可以赚钱的工作。另外有一个不能赚钱的工作，就是写作。我在台湾写小说，也写一些散文。不过因为我一直到现在都还不是很能够自在地在大庭广众下自称是作家，所以我通常会自我介绍是一个写作的人。

各位应该可以理解，写作是一个以文字为媒介的表达方式，也就是说它当中有一些核心的技术性的概念，是很难使用口说或是表演的方式来让各位感受的。

我举个例子。比方说，我们在一篇文章、一个段落里面使用一个词汇，对我来说不只是考虑能不能用或适不适合用，可能还要考虑它的视觉性，它在这个段落、这个脉络里面能不能达到我想要达到的一些迂回的效果或者是意象。比方说一个烟雨蒙蒙的感觉，一个晶莹剔透的感觉，或者是一个枯淡萧索的感觉。

还有一些，例如说理性的语言，一些文字密度比较高的语言。这样子的东西，我写下来，各位读起来不费力；可是如果我现在这样丁是丁卯是卯一句句地讲出来，可能各位情不自禁就要陷入深深的睡眠了。

这些都是不大能够表述的，所以我当时跟一席的策划人做了一些讨论。她有一天跟我说，她在我的小说里面感觉到了一种日常的困顿，或者是日常的荒谬。她问我：你能不能讲两个这样子的故事？

我其实当时有一点困惑。因为第一，我从来不是为了要写一个困顿的故事或者一个荒谬的故事，我没有在想这件事情。第二，我就是一个很普通的在城市里面长大的人，跟绝大部分的人可能都是一样的，生活也没有什么可歌可泣的事情。

可是我后来经过了自己的再思考，我突然意识到，她说的那个荒谬、困顿，或许不是困顿或荒谬本身，而是我一直在写作里面去追问的一个东西，她是感受到了这个追问。这个东西我很难用言语说明，它是一个无以名状的东西，它是一个大命运里的小机关。但是在这里为了演说，我稍微把它概括为"随机性"。

"随机"各位都知道，是完全没有道理、完全没有逻辑，不知从何而来又不知从何而去的一件事情。各位可能觉得那你这说的就是命运嘛，其实也不是。

各位算命吧？我想大家多少都有算命的经验。我本身是一个迷信的妇女，所以我年轻的时候常常算命。有人跟我说谁谁谁、哪里哪里有一个很准的老师，我就噔噔噔跑去算了。我自己对这个事情也有点兴趣，所以我会读一些关于紫微斗数或是子平八字这样的书。

在这个过程中，我就感觉命运其实是固定的，好像我们背后是有一个写好的剧本的，算命只是让你去提前偷看一下而已。它常让我感觉人类的命运本身充满套路，无非就是阴差阳错，悲欢离合。

我打个比方吧，各位可能知道，从希腊悲剧以来到今天，所有伟大的文学，所有经典的作品，它们追问的事情其实都是差不多的，或者说人类会遇到的困境其实也都是差不多的，是有套路的。佛家说怨憎会，讨厌的人偏偏遇见了；爱别离，跟你亲爱的人分别了；求不得，你想要的东西要不到。

命运是这样一个大的东西，它是这样一个贯穿横亘于人类古往今来的沉甸甸的存在。可是随机性恰好相反。随机性是极微小的,是琐碎无关宏旨的细节,你会特别容易忽略它。它的存在或不存在都不影响历史的进程,可是它会为命运在你身上剐擦留下的痕迹做一个决定性的定义。同时它没有逻辑,是真正不可测的神秘。

就像是蛋糕,你吃进嘴里,会知道那里面有盐,有糖,可能还有一些柠檬皮,可是你看不见。它极为微小、极为缥缈,可是它决定了滋味。我想用我自己的一个故事,可以更好地来解释这个概念。

我的父亲很早就过世了,是在我小学四五年级,大概十岁、十一岁的时候过世的,交通意外。我记得那一天我放学回到家,傍晚四五点吧,又过了一段时间我父亲也回来了。

这听起来很普通,但在我家是很稀奇的事情。因为我父亲是一个非常爱玩的男性,他很海派,朋友都喜欢他,他有各种各样三教九流的朋友。我印象中,一个礼拜大概只有周末我父亲会在家里面吃个一到两顿饭,平常的晚上他下了班就跑出去,跟朋友玩到深夜才回来,那时候我早就已经睡了。

那天我看到他回来就很高兴。我说你不出去了吗?

他说我不出去了，我今天很累，不想出去。然后我们就吃饭。吃到一半，电话来了。那个时候大家都没有手机，还是家用电话，他就去客厅接电话，我就竖着耳朵在那儿听。我心想不要有人来，不要是今天，今天你已经答应了我，你不能说话不算话。果然，就是有人又来找他，偏偏就是今天。

挂了电话，他说那个谁谁谁找我，一个应酬，一定要去。我母亲就收拾收拾，招呼他换一下衣服。我就继续在餐桌上喝我的汤，我心里很不痛快。

那个时候我家客厅跟餐厅中间有一个透空的隔屏，中间有一些横的玻璃层板，上面摆一些小摆饰。我父亲就透过那个隔屏往我这个地方看，他就叫我的小名，然后说爸爸要出门了，拜拜。

那个时候我就做了一件事，我抬起头看他一眼，然后把头低下。我一句话都没说，把头低下继续喝汤。我就记得我父亲的口气其实还是有一点不好意思的，甚至有点讨好的。他其实是一个对孩子很宽厚的父亲，他也没有怎么样，可能就笑笑，把钥匙拿一拿就出门了。那天晚上就出事了。

我后来想，在童年失去你生命中重要的至亲这件事情，它其实是个命运的套路，有非常多人都会有这样的经历。可是那一天的我，在脑子里面产生了极为细微的一念。我可以用各种方式来表达我的不痛快，我可以抱怨，我可以说你很讨厌你赶快回来，我甚至哼一声也好。可是在那个时候，我选择了一个方式，就是抬起头特别看他一眼，然后把头低下，刻意地不讲话。

这个无可名状的针尖大的行为，它却对我跟我的父亲下了一个最后的注解，就是我没有机会跟他说再见。而且不仅是没有机会，那个机会也不是一个不可抗力，不是谁强制剥夺的，是我自己把它掐掉的。

所以后来在我自己成长的过程中，我有些时候会特别注意像这样子的细节。日本导演小林正树有一部电影叫《切腹》，这部电影我就很喜欢。《切腹》说的是一个岳父给女婿报仇的故事，这听起来有点腐，对不对？说是报仇，其实更近于出一口气，是用一种飞蛾扑火的方式去扑向那个必死的命运，是把自己完全搭进去的那种方式。这么一说好像更腐了。

其实故事是讲这个女婿的主家已经灭亡了，所以他是一个落魄的武士。没有主家养着他，他能做什么呢？他只能去教书，去教汉学。那就很穷，可是很惨，他的孩子还生病了。他散尽所有给孩子治病，到最后连自己的佩刀都当掉了。

在日本的武士文化里面，佩刀比自己的命还重要。所以你可以想象，他把佩刀都当了，那是穷途末路到什么程度。但他为了维持武士的体面，他不能变成一个平人，所以他在那个刀鞘里面放了竹刀，就是那种练习用的竹片做的刀子。

有一天他就动了一个脑筋，他去另外一个还很有势力的武士家族的门口，说我没有办法了，可不可以让我在你们的门口切腹，成全我作为武士最后的体面。

那个时候这是一个常常发生的事情。大家都心照不宣，那个家族的人也不会真的让他在那里切腹的。他们会给他一点钱，意思就是说这个钱是敬佩他的忠义之心：你在我们这里切腹不方便。他们当然也不会追究他拿了钱有没有去别的地方切。

可是那一天，家族里面的一个高级家臣就忽然说，他既然这么说，那我们就让他这样做吧，这是武士的光荣。这下那个女婿就傻了，他就有点骑虎难下，被逼到了一个这样的状况。

电影里，这个岳父说，如果你们只是让他在这里切腹了，其实我不会报仇的。关键在哪里？各位还记得前面说的吧，他把刀当了，他身上只有竹刀。那个家族的人跟他说，武士最后的荣耀就是用自己的刀来切腹。他们不给他刀，他就用那个竹刀插到自己的肚子里面。切腹嘛，要切，那是硬拉的。竹刀有多钝，各位想他有多痛苦。

所以像这样的生不逢时是一种人类无可违抗的命运，无奈地死亡也是一个很常见的命运套路。可是那把竹刀，就是那个随机性。是那个家臣的一念拨动了机关，往这儿或往那儿去。他也不完全是恶意，而是忽然选择了另一种价值。但最后这把竹刀就永远插在所有人的心上，拔不出来。

我以前读过一篇汪曾祺的小说，叫《黄油烙饼》，可能也有朋友读过。小说写得非常淡，讲一个小男孩叫萧胜，萧胜小时候跟奶奶住在一起，因为他的父母在口外工作。有一次爸爸来探望他跟奶奶，带来了两罐黄油。

小说里面就写，黄油装在玻璃瓶里面，油汪汪的，黄澄澄的，很好看。奶奶舍不得吃，也舍不得用，就每天看看它，拿出来擦一擦再放回去。可是后来奶奶死了，奶奶是饿死的。为什么饿死，因为那个时候饥馑，没有口粮，她把所有的东西都给萧胜吃了，是自己把自己给活活饿死的。

后来萧胜就被父母带到口外去生活了。可是渐渐父母那里也吃不上一顿像样的饭了,也开始吃一些粗食。有一天父母的单位开干部会议,干部吃得还不错,他们就吃黄油烙饼。萧胜坐在家里面,闻到食堂飘来的黄油烙饼的香味,他就问爸爸,爸爸,为什么他们吃黄油烙饼?为什么他们吃黄油烙饼?

爸爸被问得没有办法,也不知道怎么回答。他母亲就一直很沉默。后来母亲腾一下站起来,把那两罐从奶奶家原封不动带回来的黄油拿出来,兑上一点糖,加了一些白面粉,烙了两块饼给萧胜吃。小说里就写,萧胜吃了两口,真好吃,然后他就痛哭起来,接着大喊一声,奶奶。

在这样一个大历史中,有无数的家庭身上覆盖着同一出时代的悲剧。可是小说里,是这瓶不知从何而来也不知从何而去的黄油,让萧胜跟他的家人在咀嚼这场饥饿的命运的时候,嘴巴里面有了很复杂的滋味。

汪曾祺在小说最后两句,用一种极为含蓄、内敛跟婉约的笔触,点出了这个层次,他写:烙饼是甜的,眼泪是咸的。

我讲到这里,各位可能会觉得这是不是在讲一种生命的残酷呢?我觉得也不是。年轻的时候我的确是会比较注意命运机关中残酷的那一面。我觉得所有的年轻人都这样，特别容易痛，全身的神经末梢都打到最开，你跟世界任何一点碰撞都觉得遍体鳞伤。

可是我现在是中年人了，我奔四了。我觉得在这个年纪就是扶着腰站在路中间，因为这时候腰椎真的也不大行了。这时候你会往前看还有什么路可以走，可是你更会往背后看，看看你是怎么走来的。

年轻的时候大概不会这么想。年轻的时候是后面所有的东西都哗哗哗地追赶你，你就一直要这样往前跑。上学，考试，谈恋爱，失恋，再谈恋爱再失恋，或是找工作，辞职，再找工作……但是经过这些之后，活到现在，我开始渐渐感觉到它的另外一种可能性。

2017年年初有一天，我在家里闲到发慌，好像所有重要的事情都做得差不多了，刚好这是一个空档，我想那就整理一下旧箱子好了。其实我家也不大，就是一个三房两厅的公寓。因为我们搬了很多次家，人家说三搬当一烧，我家这样已经不知道几烧了，所以其实东西也不多，也没有什么真的了不起的东西要整理。

在整理那些旧箱子的时候，我就找到了一叠文件，薄薄的，也不多。但是很奇怪，这么多年来它就在我家，我一直没看过。我很无聊，就把它打开来，里面是我爷爷很多很多年前的一些证件。很薄很少，就几张。

我是看到这些东西之后，突然意识到一件事情：我不认识我爷爷。当然不是那个"不认识"，因为我爷爷也是很早就过世了。我只知道他是1949年到台湾的一个军人，除此之外我完全不知道他前半生的任何事情。

这时候我意识到一件有点奇怪的事，好像眼前一直都有东西遮着你都没有注意到，这时候突然掀开了。我所谓的不知道，是连我家里人对他的事情几乎都绝口不提的。各位不要以为我的家族是一个沉默寡言的家族，他们是一个很爱讲人家闲话的家族，所以这很不合理。

这个时候我找到了一个文件。它上面写的是战车第一营中尉排长某某某在缅北战役有功，所以他得到了一个奖章。这是奖章的执照。奖章不知道什么时候已经弄丢了，但是这张纸因缘际会还留了下来。

说起来也是很惭愧，当时我根本不知道什么是缅北战役。当然很感谢网络，我就上网开始查，知道了一些背景知识。缅北战役中，日军有一个指标性的挫败，也就是盟军的一个很重要的胜利，叫作瓦鲁班战役。瓦鲁班战役的重要性不只是当时它完成了很重要的战略推进目标，还包括它当时缴获了日军的关防，缴获关防是大事。

缔造瓦鲁班大捷的主力部队，就是我爷爷所在的战车第一营。接下来我又读到了当时战车第一营赵振宇营长的回忆录。他的回忆录里面有一段文字是这样的：

> 战一营在瓦鲁班大捷后稍事整顿，由战二连第二排担任尖兵排，在翻过丁高沙坎的一处隘口后，即遭到隐匿在山背后原始森林中的敌人战防炮猛烈轰击……排长黄德信中尉也因战车着火跳出车外，被敌人战防炮射中腰背，炮弹在他背上划出一道血淋淋的沟，鲜血染红了全身，幸亏美军的装备齐全，即时将他用轻型飞机空运至印度东部的野战医院才保全了性命。

为什么是美军？战车第一营的编制有点奇怪，它的人员是黄埔军校的学生，补给由英军负责，但装备与训练是美军的，指挥权也属于美军。它直属的是美军的布朗上校以及当时太平洋战区的总指挥官史迪威。

我马上就想起来我母亲说的一件事，她说以前到了夏天，我祖父穿着白色的棉纱背心做山东大饼，就会看到他背上有一个极大的伤痕，那个伤痕大到像是半个背都被削掉了。她说我祖父母都是很简单地说打仗受的伤，其他的也不怎么谈。

我爷爷其实就是一个小人物，他如果是一个高级将领的话，可能我不想知道他的事情全世界都会一直来跟我讲。可是他是一个小人物，所以我只能在这中间抽丝剥茧找到点蛛丝马迹。

其实也无非是这样了，一些回忆录、一些历史上的文件，不会有什么全面的记载，我觉得大概也就到这里了。不过我再继续稍微查一下的时候，突然注意到了两张照片。

这两张照片是 1944 年美国 *Life* 杂志拍的，大约是在瓦鲁班战役之前，他们的战地记者因为采访战一营与史迪威，做了一个类似"史迪威的中国坦克军"之类的报导时留下的照片。右边这张照片中最右边的脸，以及左边这张照片的脸，我一看吓了一跳：那个微笑，是四五岁时我记忆中的祖父的微笑；那个五官，是我记忆中年轻的父亲的相貌。

这个战地摄影中的无名者会是我祖父吗？各位不

1944年美国 *Life* 杂志拍摄的照片

要笑我,我真的没有满大街认爷爷,爷爷不能乱认,只是这张脸实在太蹊跷了。其实这张照片里的坦克上面有一个圆形和一个八号,这都是有意义的。我跑图书馆查了各种编制或装备的记录,加上口述历史跟回忆录,做过很多比对跟查证……凡此种种,但考证的细节太冗长无聊了,所以在这里就不细讲了。

不过最后我的结论是,这辆坦克,正是我祖父当时担任排长时所属的排长车。再加上我把这两张照片给我家族里面还在的亲属看过,我大概有 97% 可以确定,这照片里面的无名氏其实就是当时的我的爷爷。说 97% 是因为我习惯不要把话说到太满。

你问我当时有什么感觉,其实我也没有什么澎湃的感动。我祖父是个小人物,是在汹涌的历史之河中一个过河卒子,是那个一将功成背后的万古枯。不管1944年的他有没有在一个无名无姓的状态下被留下这张照片,都并不会改变大叙事的进程,也不会改变他个人的生命。但是,这张照片就是那个"随机性",是那个大命运中的小机关。

我曾经在偶然中失去了和父亲说再见的机会,但是数十年之后,又在另一个莫名其妙的心血来潮之中,被许多琐碎的偶然领到了半世纪前我父亲的父亲面前,跟他重新相逢。这张照片藏在时间的墙角许久许久,像灰尘一样,最后飘落在我手上。它为我家族中原本带有一点点悲伤气息的命运,下了一个决定性的定义,就是世间也有着偶然的慈悲。

讲到这里,其实我抵死反抗把所有东西导向一个励志的心灵鸡汤的方向。我绝对不会跟大家说,各位,你们要把每一天当作第一天来活,你们要把跟每个人的见面都当作最后一面。因为这其实是不健康的,人不能在这么刻意的高强度的情绪底下生活,那不是过日子的方式。我也不会跟各位说生命还是很美好的,因为我们都非常知道生命很多时候一点都不美好。

但是现在的我,究竟会去怎么理解这件事呢?我觉得就像是今天,我跟各位,我们在这儿度过一个虽然上进然而十分平静的下午。但即使是这样一个毫不出奇的下午,都是我们与无数的不幸、无数的灾难擦肩而过才能够得到的片刻。

我们的生活可能都是看似平淡的,看似困顿无聊的,可是里面饱含着不为人知的神秘的随机性,那种大命运之上有着各种各样让人目眩神迷的小机关。

作为一个写作者,或者说不只是文学吧,世上许多许多的创作者、艺术家,其实终其一生的工作,无非就是对这件事提出永恒的追问。

谢谢大家,晚安。

(本文为黄丽群一席演讲文字稿,2017年9月)

淡淡废废的美

柯裕棻

帮丽群写序，写着写着容易岔题，因为我们实在太熟，一点小事都可生出许多话来，所以每件事都要想一遍，这能不能写，别人看了觉不觉得怪，或是看了会不会笑，等等，诸事琢磨。不好笑的当然不必写，太好笑的，也不能写。

几年前，朋友从MSN传了一个部落格的链接给我，说，这女孩才刚大学毕业，你看看这文字，好功力。我一看，果然奇花异草，才气逼人。那些文章冷的极幽冷，美的极美艳，文字剔透简洁。写日常琐事处，淡泊中幽默得心酸，写人情酸刻处更是冷静刁钻得透彻，这等人生洞察竟然出自年轻女孩之手，不可思议。

这是我第一次听说"黄丽群"的名字。

后来，在朋友家的晚宴中见到黄丽群了，那晚上有七八个人，沸沸汤汤，吃喝吵闹。她略晚才来，出人意料地高，腿长得惊人，长发黑亮，桃红毛衣黑围巾，牛仔裤。可爱的桃子脸，描银色眼线，搽糖果粉色的指甲油。冷辣，美艳，人如其文。倒是讲话行事很从容，大度而不失礼，是很少见的好教养，不是想象中难相处的才女。她笑起来甚腼腆，有年轻女孩子常见的那种淡淡的心不在焉的恍惚。

我渐渐和丽群在网路上熟起来之后，每每惊讶她过于早熟的机智和洞见，连写个即时讯息，随手捻来都是珠玉。文字在她手上心上转两下，就精炼得密实发光，且那妙处在于网路俗语、文言典籍、西方经典和动漫用词娴熟交错，自有她一路灵犀通透的黑色幽默。跟她聊天时，她常常在众人都无意识的地方听出其他的重点来，这时她会嘿嘿笑两声，众人回神，马上醒悟，都叹她心思敏捷是多核心处理，既听明的也听暗的。也有些时候大家聊着聊着，她神思飘远，问她想什么，答案经常是一句话的口气、一个词的联想或是一个说法里暗藏的窘迫或冷暖，使她想到极远极远的事情，不在场不相干的事，这是她特有的超链接。这时她会笑说，哎灵魂从耳朵流出来被你们看见了。

丽群的母亲手艺很好，因此朋友们没事也很爱上她家去玩，总有吃不完的好东西。通常我们见面都是一伙人高谈阔论的，她会闲散地在一旁照顾大家，喝茶添水。她有种奇特的照料场面的能力，她从不刻意做出热切殷勤的姿态，而是自然地布菜、递面纸、注意碗碟，而且几乎是变魔术般不断从厨房、冰箱、橱柜、餐桌上的食物篮里拿出各种餐点、卤味、水果、饼干、各式零食来。有时即使只是路过她家，顺道上去找她借书，站在玄关马上要走了，她也会说，哎等等，我看看有什么零食可以给你。然后就这里那里翻呀掏的——有时是某名店的核桃面包，法国来的松露巧克力，西门町老店买的芋头冰淇淋，自家的卤蛋鸡腿豆干，或是黄妈妈直接装一盒狮子头或酿豆腐给带走。我常常觉得不可思议，如今这个自暴自弃的速食时代，她的家常日子竟然天天都有好食好物。

从这些吃饭穿衣的日常小事上，便可见丽群的养成。她虽年轻，在她身上还是看出某种老派外省家庭的规矩——体面，大气，周全世故，滋养丰润的生活细节。她确实知道很多过日子的事，哪家馆子的厨子从前是在哪儿学的手艺，哪家钟表的服务态度很周到，或是哪个老牌的面霜便宜好用。她也会知道迪化街哪家的货料实在、南门市场哪个摊的卤味道地、红烧狮子头的白菜该怎么处理、买玉的时候该注意的细节，甚至连拜神祭祖民俗事宜她也略知一二。她很知道这些老派的知识，我有时想，如果林海音或是高阳还在世，他们也许可以聊得很开心吧。

我又每每听她哀叹自己早生了十二个小时，否则，就可以号称是青春无敌的"80后"了，但或许就差这半天，她让我想起20世纪80年代以前的殷实书香人家。丽群喜欢好东西，可也非常俭省惜物，她对喜爱的小物总是珍爱得不像她这一代人会有的习癖。我发现她随身带的眼影和唇膏总是用得几乎见底，问她怎么不轮换其他颜色，她说，但我就喜欢这颜色呀。在路边买的耳环钩针坏了，她便拿回那摊子去修，我们说再买新的样式岂不更好，她也会说，但我好喜欢这一对呀。她的品味极好极刁，可一旦喜欢什么，就死心塌地地和那东西不离不弃。她看上去很华丽，色泽饱满华彩，可是一点也不奢靡，像她常常穿的桃红配纯黑，坠着亮片或流苏，或是她很爱的黑色织金丝袜，腿很长很美，但没有邪气，没打算勾引谁。

可是她远比这个爽朗漂亮的表象更复杂。不那么复杂，也就写不了这么好的小说了。有时候，丽群也像多数早慧的天才那样，怀着巨大的能量却时时为之所累。年轻女孩将世事人情洞察得太清楚，内外明澈，难免心灰意冷。我们常常说她写得好，她却每每自疑，摇摆不定，断断续续写着、歇笔，写着、又歇笔。可才华是掩不住的，每隔一阵子就听说，她的某小说又得了文学奖，轻而易举似的。她得奖也不张扬夸示，众人一定都吵着请客呀请客，她就笑道好啊好啊，不狂不卑，不惺惺作态，高高兴兴。

然而她对一切欢乐吉庆的感想又非常矛盾。丽群年少时，父亲意外早逝，这让她提早领悟生命的灾厄无常，看透了现实和人情世态。她成长于高度的不安和命定的自觉之中，青春期又大量阅读父亲的藏书，因而非常早熟地养成了深厚的文学基础。如果她的某些文字给人死荫的幽冷凄美之感，那正是因为死亡的忧伤和她的文学启蒙深切相关，从而定义了她的生命基调乃至文字风格。于是一方面像个孩子似的真心喜欢快乐明亮的事物，也有空乏与淡漠的荒凉阴影仿佛天生渗着她的情感，即使是高兴的当下，也会不小心露出意味深长的怅惘表情，仿佛明知一切起高楼宴宾客终究是徒然。而面临困顿艰难的时候，她也会有一种淡淡废废的笑，像是说，呜喔，好倒霉，不笑一下吗？

就像她家有只十几岁的蓝绿眼波斯白猫，毛色绝伦蓬松松的，叫作肥雪。猫儿一般都懒懒散散的很冷淡，这肥雪尤其懒散，尤其冷淡——它冷淡得连藏起来都懒得藏。虽然一副尊贵模样，可是与其说是傲娇，倒不如说它看起来总是心情黯淡。在地上打滚装萌的时候，可爱归可爱，也有点像一把拖把，卷过来，滚过去，淡淡应付着，很不情愿地尽一只猫的本分。客人对它失去兴趣开始各自谈话时，它就默默到玄关去挑一只鞋子，躺上去，或是钻进谁的大衣底下睡觉。肥雪有点像是丽群性格的暗面，我相信再怎么爽朗能干，有一部分的她就是一百个不情愿地在世上打滚，若是问她，哎你还好吧，她大概会像肥雪那样黯淡地傲娇着，喵一声说，噢——还好啦。然后就拖着一身尘埃走开，累累地躲起来。

因此，不论再怎么兴高采烈，她很快就像个局外人那样看着自己和这一切，仿佛她生命中的烦恼生灭也比人迅速，仿佛那空亡尚未发生她已经了悟，她像是早已预备着，等着看有什么坏事躲在好事的后头，随时要扑上来，她遂可在一旁笑着看自己倒霉，连忿恨都视为枉然。但她的冷静聪明之处在于，即使真看穿了什么，也不轻易发人生感慨之语，也不动辄就讲佛偈谈虚空，因为这些话术实在太做作也太小聪明，太假清高也太荒谬，她写作或做人是绝不这么庸俗图方便的，更不会任意消费自己或他人的人生苦痛。这了悟又不觉悟的个性构成她小说中特有的疏离叙述，也是令人啼笑皆非的黑色幽默的来源。

写小说需要这样锐利的眼睛和冷静的脑子，如果本性不是这么敏锐纤细，大概无法冷调直书人世的种种浮华、怨毒和不堪。多数的人会避开事实，尽量忘掉生冷粗糙的世界；有些人会阴狠疯狂地乱刀砍杀；有些人会滥情洒狗血；能够细细将可怖的人世剖开来，既让人看见那阴暗猥琐，又让人赞叹刀法精准漂亮的，就是真才气了。

丽群正是这样的，资质秾艳幽美，可是那美里面暗暗渗着凉气。她的文字温煦如日，速如风雨。晴日静好的午后，还觉得太平岁月温暖快乐，一转眼，不知哪来的乌云罩顶，大雨倾盆而下。读的人回过神来，重新整饬，自然有自己的一番了悟。那时，这朵谜一样惘然幽异的奇花异草，就在读者的心里盛开蔓延了。

（本文为台湾版《海边的房间》推荐序）

图书在版编目(CIP)数据

海边的房间 / 黄丽群著. — 郑州：河南文艺出版社，2021.7（2022.1重印）

ISBN 978-7-5559-1163-0

Ⅰ.①海… Ⅱ.①黄… Ⅲ.①短篇小说—小说集—中国—当代 Ⅳ.①I247.7

中国版本图书馆 CIP 数据核字 (2021) 第 070970 号

海边的房间

黄丽群 著

责任编辑	张恩丽
特约编辑	黄平丽
装帧设计	WSCGRAPHIC.com
内文制作	李丹华
责任校对	赵红宙

出版发行	河南文艺出版社
本社地址	郑州市郑东新区祥盛街27号C座5楼
邮政编码	450018
承印单位	山东韵杰文化科技有限公司
开　　本	850毫米×1168毫米　1/32
印　　张	7
印　　数	30,001—40,000
字　　数	120 000
版　　次	2021年7月第1版
印　　次	2022年1月第4次印刷
定　　价	56.00元

★ 版权所有　侵权必究 ★